UN ÉTÉ À ANAFI

ISBN : 978-2-36956-312-9

FRANÇOIS-XAVIER FRELAND

UN ÉTÉ À ANAFI

ÉDITIONS INTERVALLES

À Alexandra

Le centre du monde est partout où les yeux et la main de l'homme transforment l'histoire et la pierre en sourire.

Jacques Lacarrière

Chapitre 1

Il avait pris le ferry du soir. Il aimait ce voyage. Quitter le Pirée pour les îles, c'était chaque année comme un rituel de survie. Sur le pont, le vent s'était levé, légèrement frais, du nord. À l'intérieur, des passagers masqués somnolaient devant des écrans de télévision. Il trouva un endroit pour dérouler son sac de couchage entre deux silhouettes assoupies, par terre, dans le hall près de la réception. Il s'endormit. C'est plus tard, vers cinq heures du matin, qu'il entendit le signal du débarquement. Il croisa alors le regard d'une jeune femme en face qui rangeait ses affaires. Il l'avait remarquée la veille. Elle était brune, un air un peu sévère, une silhouette fine. Anafi, dans sa mémoire, c'était d'abord un port où se brisaient les vagues. Au loin, il reconnut le vieux monastère de Panagia surplombant la mer, le village aussi, avec ses lampadaires intermittents, comme des étoiles dans l'obscurité. Deux marins hurlaient à l'approche du quai. Le pont-levis du bateau frappa contre le béton. Il observa une dernière fois s'éloigner cette fille aux yeux noirs. Il descendit à la hâte. Anafi. Les souvenirs remontaient. Le bus bleu était toujours là, à la sortie du parking. Il s'assit derrière le chauffeur à côté d'une touriste allemande. Les portes battantes se refermaient difficilement comme de vieux essuie-glace. Par la route qui serpentait dans la colline, il regarda s'éloigner le navire en bas. « Terminus, tout le monde descend », dit le chauffeur à l'entrée du village. Les touristes disparurent rapidement dans les ruelles. À sa montre, il était bientôt six heures. Il s'assit sur un banc, devant une maison blanche à la vue panoramique face à la mer. Un chat déambulait sur le toit. Un homme le salua en ouvrant les paravents. Antoine était arrivé à ce moment précis de son existence où l'on ne se raconte plus d'histoire. On est ce qu'on est. Il avait vieilli mais il était encore là, lorsque d'autres étaient déjà partis. Et la vie lui offrait ce moment de répit. En face, sur l'horizon, une île toute ronde faisait penser à un astre échoué en mer. Il aurait pu rester là longtemps, sur ce banc, à ne penser à rien. D'autres appellent cela méditer. Mais un rayon de soleil caressa son visage pour le sortir de sa torpeur. Il se souvint de la nécessité de trouver une chambre, de vivre. À cette époque de l'année, il savait qu'il pouvait se retrouver à la rue. Au pire, il se dit qu'il dormirait sur la plage. Il n'était pas inquiet. C'était la fin de l'été. En septembre, les êtres libres restent sur les îles, les autres ont déjà rejoint les petites servitudes du continent. Là, dans ce cercle restreint d'habitués, tout était possible. Il marcha quelques mètres, prit un café sur la terrasse de la boulangerie déjà ouverte, avant de faire le tour des chambres à louer. Les touristes étaient plus prévoyants que lui. Il se souvenait de cette maison d'hôtes où il avait vécu trois ans plus tôt. La dame ne le reconnut pas. Elle fit de grands gestes avec ses mains. « Je n'ai rien mon pauvre, tout est *full*, complet, complet ». Mais devant son insistance, elle finit par lui proposer la buanderie. Il y avait un lit à ressorts, une petite table avec des piles de papier hygiénique dessus.

« C'est parfait, lui dit-il, reconnaissant, merci Antonia. Combien vous dois-je ?

— Rien, comment voulez-vous que je vous loue un endroit pareil, non, rien. Je vous dépanne une nuit, après il vous faudra trouver autre chose. »

Chapitre 2

Il décida d'emprunter le sentier qui évitait la route. Quelques villas modernes avaient été construites depuis son dernier passage. Rien n'avait beaucoup changé. Si, certains touristes portaient un masque. Peut-être entendait-il aussi un peu plus le bourdonnement des scooters juste au-dessus. Très vite, il retrouva le chemin. La promenade vers la mer était aisée, elle était devant lui. Il aimait marcher ainsi au-dessus de la plage de Klissidi. Au loin, l'étendue bleu turquoise était limpide, avec de petites striures, comme légèrement brossée par le vent. Sur la plage, le courant avait charrié quelques détritus au bord de l'eau. Il en ramassa ici et là sur le sable. Puis il se jeta dans l'eau et nagea pendant plusieurs minutes avant de s'allonger sur le sable chaud, à l'ombre d'un tamaris. Il lut un peu, puis s'endormit. Lorsqu'il rouvrit les yeux, la plage s'était vidée des quelques nudistes. Le bus de 18 heures venait de passer. Il remonta le chemin en sens inverse. Le soleil était encore haut dans le ciel, éblouissant le village juste au-dessus de lui. Le soir, alors qu'il dînait seul sur la terrasse d'une taverne, il remarqua une jeune femme souriante, virevoltant comme une hirondelle. Elle portait un pull-marine, pieds nus dans des baskets, un air du nord, grande, plutôt musclée. Elle avait rejoint un groupe attablé devant lui. Il n'y avait là que des hommes. Elle s'était assise en face du plus vieux. Antoine la regarda fixement avant de prendre discrètement quelques photos d'elle avec son smartphone. Elle souriait beaucoup, mais elle avait l'air triste. Elle s'était levée d'un bond pour s'asseoir à côté d'un autre garçon, plus juvénile, brun, sans doute son petit ami. Il avait un air de jeune militant autonomiste basque, de ceux qu'il avait bien connus lorsqu'il vivait en Espagne. Le visage de l'anticapitaliste moderne. Ce garçon semblait la négliger un peu tandis qu'elle donnait l'impression de vouloir attirer son attention. Il les observa le temps de son repas puis se leva, paya et marcha quelques minutes sur les hauteurs de la ville. Il croisa deux jeunes filles en train de faire des selfies sur les ruines éclairées de l'ancien château.

Chapitre 3

Il ne faisait partie d'aucun groupe et personne ne le remarquait vraiment. Le temps s'écoulait chaque jour entre le chemin de la plage, les bains de mer, un peu de lecture et le repas du soir. Mais il aimait cette répétition. C'était sa manière d'oublier le temps. Ce soir-là, il décida pourtant de briser cette monotonie en essayant de se confronter à la nuit. Il marchait un peu à l'écart du centre du village, lorsqu'il fut attiré par quelques notes mélodieuses portées par le vent. Il gravit les marches d'un petit escalier qui menait à une terrasse surélevée. La mer était agitée au loin. Soudain il entendit une voix douce. Un peu comme celle du petit Prince. Il tourna la tête. Une jeune femme était là dans la pénombre. « Est-ce que je peux vous servir quelque chose, lui demanda-t-elle en anglais.

— *Yes, why not*, dit-il seulement, avant d'ajouter : *efcharistó* !

— Vous êtes français, répondit-elle aussitôt en souriant.

— Oui, difficile de le cacher, vous aussi ?

— Oui, un peu par ma mère, mais je suis grecque. »

Elle était en contrebas. Elle lui proposa de s'asseoir à l'entrée du bar.

« Qu'est-ce qui vous ferait plaisir ? Je vous propose un verre de Rakomelo, c'est un vin chaud, ça vous dit ? »

Plaisir ? Il avait tout de suite apprécié ce mot dans la bouche de cette inconnue. Elle était ravissante dans une robe noire toute simple, un foulard autour du cou. Au bout de plusieurs verres de vin chaud, il se rendit compte qu'il n'y avait plus qu'eux. Les autres clients avaient quitté les lieux.

« Ça vous dirait d'aller boire un dernier verre », osa-t-il, alors qu'elle nettoyait les tables.

Elle le regarda, troublée.

« Oui, pourquoi pas, mais pas très longtemps car je dois étudier demain matin tôt, mais oui, cela me ferait plaisir. »

Ils marchèrent quelques mètres dans les ruelles à peine éclairées du village jusqu'à une discothèque en plein air un peu plus haut, construite à côté d'un ancien moulin. Ils s'assirent sur un muret. Il écoutait sa voix. Elle répondait à toutes ses questions. Ils parlaient de tout, des amours surtout. Puis à un moment elle fit cette confidence alors qu'il était déjà tard.

« C'est étrange, je ne me suis jamais autant confiée à quelqu'un... »

Il l'observa alors avec le désir de la serrer dans ses bras. La discothèque allait bientôt fermer. Il était tard. Allait-elle le rejeter ? Et après ? Ils s'embrassèrent quelques minutes là, sur ce muret. Puis elle le suivit dans sa chambre. Ils se déshabillèrent rapidement. Ils riaient même de cet empressement. Un peu ivres. Leurs gestes étaient précis, et c'est comme s'ils l'avaient déjà fait. Il la désirait entièrement. Il n'avait pas envie de jouer. Il la voulait totalement, corps et âme. Et, comme s'ils se connaissaient déjà, il entra en elle tout simplement, en la regardant dans les yeux, épiant sa réaction dans la pénombre. Elle ne dit rien. Elle émit seulement un tout petit cri. Il l'embrassa, effleurant son visage. Il voulait honorer sa confiance. Il rythmait son désir. Elle tourna la tête sur le côté pour se laisser aller. Elle se donnait instinctivement à lui. Au réveil, ils refirent l'amour sur le balcon, nus au lever du soleil. Puis elle se doucha. Il regarda la porte se refermer.

Chapitre 4

La journée s'écoula comme la veille, entre quelques bains de mer et de longues marches solitaires, avec néanmoins un but nouveau pour lui, l'envie pressante de la retrouver. Mais comment ne pas la faire fuir, alors qu'elle était déjà devenue son obsession, comment aimer sans étouffer ? Le soir, elle était bien là, dans le même bar. Il avait néanmoins repéré aussitôt dans ses yeux son besoin de distance. L'ambiance était différente, moins chaleureuse que la veille. Et, par hasard, elle se cogna la tête contre une poutre de la cuisine quelques secondes après l'avoir salué discrètement, sans l'embrasser. Elle pleurait. Il se rapprocha d'elle.

« Que se passe-t-il ? Qu'y-a-t-il ? » dit-il maladroitement en glissant subrepticement une main dans son cou pour la réconforter.

Elle posa un gant de glace sur la douleur.

« Ce n'est rien. Ça me fait mal mais ce n'est rien. »

Elle semblait vouloir dissimuler son chagrin, souffrir dans son coin comme un animal blessé. Une larme coulait le long de sa joue qu'il récupéra au bout de son doigt. Ce geste lui rappela une autre femme, l'amour surtout.

« Ce soir je vais rentrer chez moi, d'accord ? J'ai besoin de me retrouver. Mon patron va me raccompagner à moto.

D'accord ? On se verra peut-être demain. Mais là, je dois me reposer.

— Oui », répondit-il avec un air résigné. Derrière elle, un autre homme d'une soixantaine d'années avait fait irruption.

« Ah je te présente Dimitri, c'est mon patron.

— Bonjour, dit ce dernier dans un français au léger accent.

— Vous êtes parisien ? » interrogea-t-il avec une pointe de moquerie.

Antoine se demanda soudain si cet homme, plutôt beau, bien conservé, n'était pas tout simplement son amant. Plus tard, avant de se coucher, il but quelques verres seul sur la terrasse en regardant la lune. Puis il alluma nerveusement son portable qui illumina d'un seul coup son visage. Dans le noir, il passa en revue les photos qu'il avait prises depuis son arrivée sur l'île. Et soudain il reconnut cette fille du nord, élancée, dans la rue du restaurant. C'était elle, Diane, la petite hirondelle.

Chapitre 5

À son grand étonnement, Diane fit rapidement le choix de venir vivre avec lui, le temps des vacances. Elle rapporta une partie de ses affaires qu'elle disposa dans l'armoire de la chambre. Elle partageait désormais avec lui la petite maison qu'il louait pour son séjour, celle qu'il avait remarquée le premier jour. Il aimait cet endroit parce qu'il était simple. Un lieu rustique, sans télévision, sans climatisation. Juste le luxe d'une vue unique sur la mer. Diane sortit de la douche, entièrement nue, une serviette nouée autour des cheveux. Elle s'assit à côté de lui sur le lit.

« J'ai envie de sentir ta peau », dit-il.

Il posa sa bouche sur ses pieds fins. Ils avaient encore l'odeur du savon. Il aimait déjà ses pieds abimés de danseuse. Puis il fit glisser sa langue lentement le long de ses jambes. Elle trembla en posant aussitôt sa main sur ses cheveux. Il caressa la peau granuleuse de ses fesses.

Il se rapprocha d'elle, embrassa son sexe humide.

« J'aime ton parfum », dit-il.

Elle ne répondit rien. Il pressa fermement deux doigts sous la plante de son pied.

« Continue, j'aime bien.

— J'ai envie de toi et j'ai déjà peur de te perdre, ajouta-t-il maladroitement.

— N'y pense pas. Continue, tu t'y prends bien. »

Elle enfonça sa tête dans l'oreiller. Elle s'abandonnait, en fermant les yeux.

« Tu aimes ?

— Oui, tu fais ça très bien. »

Il aimait bien le son de son désir. C'était la première fois qu'il l'écoutait vraiment. Il la serra davantage contre lui.

« Je suis déjà attachée à toi, dit-elle tout bas, j'aime ta manière de jouir de moi. »

Il l'embrassa. Au bout de quelques minutes, il se retira. Il rapprocha son visage de son cou pour sentir encore l'odeur de sa peau. Ils s'embrassèrent quelques minutes ainsi, puis elle s'agenouilla sur lui, comme pour décider du rythme. Il passa une main affectueuse dans ses longs cheveux. Elle respirait de plus en plus vite, la tête légèrement inclinée en arrière. Elle finit par laisser échapper un cri rauque. Il jouit alors avec elle. Leur plaisir avait eu ce jour-là le goût rare de la réciprocité.

Chapitre 6

Diane et Antoine avaient déjà des habitudes. Ils aimaient prendre leur petit déjeuner à la terrasse du café, juste à l'entrée du village. Antoine balbutiait chaque matin ses premiers mots de grec. « *Ena Capuccino, parakalo !* » Elle riait. Le bus bleu s'arrêta devant eux sur l'esplanade centrale. Une vingtaine de nouveaux estivants en descendirent. De jeunes couples surtout se dispersaient dans les rues en quête d'une chambre d'hôtes. En quelques secondes les tables autour d'eux étaient prises d'assaut. Des touristes français, allemands, israéliens parlaient bruyamment. Un vieillard se leva en maugréant.

« J'ai l'impression qu'il y a encore plus de monde qu'avant l'épidémie, observa Antoine.

— Ce n'est qu'une impression. Tu sais, la Grèce reste une destination prisée car bon marché. Depuis la crise de 2008, nos dirigeants ont tout misé sur le tourisme. On a privatisé les plages sur le continent, triplé le trafic de ferrys vers les îles. Résultat, on bétonne partout, avec chaque année de nouveaux hôtels.

— Ce qui sauve Anafi, c'est peut-être qu'elle semble cachée derrière Santorin. On est très loin d'Athènes aussi.

— Oui, même si l'été dernier Anafi n'a jamais été aussi visitée. Et cette année, malgré le Coronavirus, on ne pouvait même pas se loger en août sans avoir réservé. Beaucoup de gens viennent ici pour quelques nuits, puis repartent à Santorin. Cela devient absurde. C'est le phénomène actuel, un tourisme nomade, qui ne fait que passer, et qui au passage détruit, pollue. On bétonne les côtes. Les loyers se sont envolés au profit des locations AirBnb. Les millions de personnes qui vivent quelques semaines sur ces îles posent également des problèmes d'épuisement des ressources en eau, de recyclage des déchets. Je ne vois rien de bon dans tout cela.

— Tu exagères un peu. Et puis nous aussi nous sommes des touristes...

— Tu parles pour toi ! s'amusa Diane. Moi ça fait plus de vingt ans que je viens ici, j'ai presque fait mes premiers pas à Anafi avec mes parents. Je me sens un peu d'ici, j'y suis revenu quasiment chaque année. À l'époque, certes, il y avait moins d'étrangers. Le village était encore 100% grec, avec parfois quelques touristes. Mais en même temps, je trouve que c'est encore supportable. L'île n'a pas été trop dénaturée comparée à d'autres.

— Et si nous retournions au lit... Je suis sûr qu'à part toi, il n'y aura pas trop de touristes...

— Je te propose plutôt une grande balade.

— Alors emmène-moi où tu veux, toi qui connais l'île depuis plus de vingt ans. Fais-moi découvrir Anafi hors des sentiers battus. J'ai envie d'oublier tous ces gens, de n'être qu'avec toi.

— Ok, tu ne sais pas ce qui t'attend », s'amusa-t-elle. Diane remplit sa gourde à la fontaine près de l'église.

« Je t'attends, précisa-t-elle, t'as intérêt à mettre d'autres chaussures, car le chemin est difficile. »

Il rentra rapidement enfiler une paire de baskets puis s'arrêta à l'épicerie pour acheter quelques fruits. « Je te suis, dit-il au retour, j'aime te suivre déjà ». Elle rit. C'était peut-être la première fois qu'on la suivait. Elle se retourna pour le dévisager, incrédule. Elle aimait ses rides, ce regard qui lui rendait grâce. Un moment elle se baissa pour cueillir une branche de thym. Elle se savait contemplée et elle goûtait à ce sentiment d'existence. Devant eux il y avait la mer partout. Ils marchèrent longtemps, peut-être plusieurs heures. Le soleil déclinait pourtant. Finalement ils descendirent en courant vers une petite crique. Elle dansait littéralement devant lui, rebondissant sur chaque pierre avec équilibre, féline dans le maquis. En bas, haletant encore, elle se déshabilla entièrement. Surpris, il la contempla avant de l'imiter. Elle le regarda gêné. Il la suivit dans l'eau. Ils nagèrent plusieurs minutes avant de s'allonger sur la plage. Les seins de Diane s'étaient légèrement tendus sous l'effet du vent. Elle avait la chair de poule. Il aimait cette pigmentation. C'est elle qui eut envie de lui à ce moment-là. Elle l'effleura. Un bateau passait au loin. Peut-être qu'on les regardait. Il aurait pu jouir tout de suite de cette caresse furtive. Ils restèrent plusieurs minutes dans ce désir. Elle aurait pu le goûter à cet instant. Là devant tous ces regards. Juste pour le plaisir d'être vu. Mais soudain une forme de gêne s'empara simultanément d'eux. Il repoussa sa main. Diane se leva, sautilla sur le sable chaud pour disparaître sous une vague et resurgir quelques brasses plus loin, déjà au large. Il se précipita dans l'eau à son tour, sans jamais perdre de vue ce visage qui lui souriait. Diane nageait à cet instant en observant Antoine la rejoindre. Elle but la tasse légèrement. Il était déjà à sa hauteur, et l'attrapa par le bras. Elle sentit cette main rassurante sur elle qui la tenait, la retenait. Elle eut une sorte d'angoisse au moment de rejoindre le bord. Elle marcha devant lui sur les rochers sans se retourner. Elle enlaça Antoine.

« Tu n'as jamais été marié, lui demanda-t-elle subitement.

— Non, pourquoi ? J'ai eu de belles histoires, parfois longues, c'est déjà pas mal.

— Tu n'as jamais eu d'enfants non plus ?

— Non plus. Et je ne regrette rien, cela ne s'est pas présenté. J'ai toujours privilégié la personne que j'aimais, peut-être qu'il n'y aurait pas eu de place pour quelqu'un d'autre. Un amour exclusif en quelque sorte. C'est mon côté obsessionnel, sourit-il avant de se retourner vers Diane.

— Allez, on rentre ? » dit-elle.

Diane l'embrassa. Ils remontèrent le chemin du village. Ils marchèrent plusieurs minutes sans un mot, distraits par leurs propres pensées. À un moment, elle s'arrêta.

« Et tu pourrais en avoir aujourd'hui ? »

Antoine accéléra le pas.

« Oh, je te parle ? Tu m'écoutes ?

— Quoi ? C'est quoi ta question ?

— Non rien, c'est bizarre, parfois tu n'écoutes pas. J'ai déjà remarqué ça, chez toi, tu es comme ailleurs.

— Oui, excuse-moi, ça m'arrive d'être dans la lune, je tiens cela de mon père. »

Au bout de trente minutes, ils aperçurent les toits blancs du village. Le soleil disparut derrière les ruines du château vénitien en haut. Ils se quittèrent devant l'église.

« Je file bosser, prévint Diane. À tout à l'heure. »

Chapitre 7

Diane s'était habituée à cet homme plus âgé. Derrière son apparence classique, quelque chose d'anticonventionnel la séduisait. Antoine était libre. D'ailleurs, elle s'en méfiait un peu pour les mêmes raisons, car il en avait fait son personnage. Était-il si naturel ? « J'aime parler avec toi, lui avait-elle dit, j'ai l'impression de n'avoir jamais autant parlé à quelqu'un ». Mais pourquoi à lui ? Il était peut-être seulement là, bien présent, même si parfois ailleurs. Et ses silences pouvaient la déstabiliser. Mais sa plus grande crainte, c'était qu'il prenne possession d'elle, comme son ex. Elle ne voulait plus dépendre de qui que ce soit, ne plus se sentir oppressée. Elle ne voulait plus dépendre de l'amour surtout. Elle n'était plus avec celui qu'elle avait quitté, mais elle l'aimait encore malgré tout, peut-être par fidélité aux premiers sentiments de jeunesse, par habitude aussi. Et ne valait-il pas mieux aimer la même personne toute sa vie, lui être fidèle, profondément fidèle, jusqu'au bout, jusqu'à la mort ? Diane s'était sentie délaissée après avoir été étouffée, esclave même. Et elle ne supportait plus ça. Son ex était devenu banal depuis qu'il l'avait trahie. Depuis, qu'elle s'était doutée de quelque chose, un jour d'angoisse, où sa voix à lui lui avait semblé différente au téléphone. Ce jour où elle s'était dépêchée de le retrouver, avec l'espoir de se tromper. Mais il était bien avec une autre, le matin au réveil, lorsqu'elle avait frappé à la porte. Il s'était excusé avec gêne. Elle avait juste eu le temps d'apercevoir ses jolies jambes fines à elle. Elle avait refermé la porte. Plus tard, il s'était justifié. « Il ne s'est rien passé avec cette fille, crois-moi, elle ne compte pas. Enfin, c'est rien à côté de nous ! » Trop tard, le miroir s'était fissuré. Désormais elle se raccrochait à ses études en psychologie, structurées et rationnelles. Prolonger cette vie d'étudiante, c'était noyer son chagrin dans quelque chose de concret.

Chapitre 8

Sur une plage un peu à l'écart où ils somnolaient au soleil, Antoine caressait discrètement le corps de Diane. Il s'arrêta sur une petite cicatrice blanche, sensuelle, le long de sa jambe bronzée. Diane était couchée sur le côté, le visage recouvert par ses longs cheveux. Il effleura sa peau du bout des lèvres. Elle se laissa faire, sur cette crique traversée par quelques touristes. Il parcourut sa jambe, du bout des doigts, jusqu'à l'amorce de son sexe. Elle rouvrit les yeux, avec une moue d'acquiescement. Sur son corps aux muscles saillants Antoine découvrait les stigmates de son passé, éparpillés sur sa peau, comme sur quelqu'un qui serait tombé souvent, se serait débattu aussi. Il y avait là tout ce qu'elle avait déjà donné : les traces de cet amour de jeunesse. Peut-être des disputes. Antoine s'arrêta plus particulièrement sur l'une d'entre elles, en posant la main dessus, comme pour transmettre un fluide. Il tenait cela de son père. Il aimait donner, trop peut-être. Diane avait tout appris de ce garçon, peut-être même la cruauté. Certains compensent leurs faiblesses en s'incrustant longtemps dans le cœur des plus sensibles. C'est leur manière d'exister, leur illusion d'éternité. Lorsqu'on ne construit rien, on se regarde dans l'autre, on s'admire dans celui qui vous croit, au pire on détruit. Elle avait retenu surtout qu'il ne faut pas tout donner d'un coup.

Était-ce cela, l'amour moderne, savoir se protéger ? Ne plus souffrir ?

« C'est quoi cette cicatrice ? » finit-il par demander. Elle le regarda dans les yeux, puis elle baissa la tête.

« Tu veux vraiment savoir ?

— Oui, elle est belle mais large et un peu étrange, on dirait une brûlure...

— Non c'est plus bête, plus triste aussi. Un jour avec mon ex, on faisait un grand périple à vélo dans le Péloponnèse, et c'était très dur sur la fin, il fallait monter un col interminable. Et je pleurais car je n'y arrivais pas et, à un moment, on a eu une discussion vive. Je l'ai insulté, il m'a poussé. Je suis tombée sur la route, et me suis ouvert la cuisse sur les graviers. J'étais en sang. On a eu peur, car on était au milieu de nulle part et la cicatrice était longue et assez profonde. C'était surtout impressionnant car je saignais beaucoup. On a appelé les secours qui ont mis du temps à venir. Il m'a fait un bandage. Il leur a dit en arrivant que j'étais tombée accidentellement.

J'ai eu des broches, et mes jolies jambes furent définitivement abîmées. Heureusement, ça ne se voit pas trop finalement. J'ai longtemps eu des jambes fines, musclées mais fines, car je faisais de la danse classique. C'est lui qui m'a poussé à le suivre à vélo. Il faisait de la compétition. Je le suivais. Je ne regrette pas car j'aime cette sensation de liberté qu'offre le vélo, mais je lui en ai longtemps voulu pour cet accident, on ne s'est pas revus pendant plusieurs mois. Et puis, comme j'étais très amoureuse de lui, je lui ai pardonné. Je n'aurais peut-être pas dû. »

Antoine se mit à masser instinctivement la douleur passée. Diane l'embrassa. Il la serra contre lui.

« Tu sais, il était parfois très violent. Il y a eu d'autres coups, mais je préfère ne pas en parler. C'est du passé. On est con parfois quand on aime. »

Diane baissa encore la tête avec un regard triste. Il caressa ses cheveux.

« Tu connais cette citation célèbre d'Alfred de Musset ? »

Diane l'interrogea du regard.

« L'homme est un apprenti, la douleur est son maître, Et nul ne se connaît tant qu'il n'a pas souffert... »

Elle lui sourit. Il faisait chaud. Le soleil éblouissait son visage. Les vagues léchaient leur serviette. Existait-il un sentiment plus doux que celui d'être serré contre l'être aimé sur cette plage un peu à l'écart ? Diane prit ses mains dans les siennes.

« Tu sais Antoine, ajouta-t-elle, j'ai compris aussi à travers cet incident qu'on pouvait se remettre de tout. L'humain a cette capacité d'oublier parfois, enfin, elle hésita, de croire qu'il a oublié.

Chapitre 9

Au réveil elle s'étirait sur le lit, le visage en partie dissimulé par ses longs cheveux clairs. Il déposa un baiser sur ses lèvres avant d'ouvrir les volets pour laisser entrer les rayons du soleil. Il aimait, lorsqu'elle ouvrait les yeux, observer son regard de myope, ses mains tâtonner dans le vide pour attraper ses lunettes par terre. À quoi avait-elle rêvé ? Diane ne lui refusait rien. D'où venait cette envie de le combler ? Il lui avait raconté sa séparation brutale cinq ans plus tôt. Elle ressentait la même douleur et elle avait donc, peut-être, les mêmes désirs, au même moment. Elle aussi avait envie de fuir, elle aussi avait envie de douceur, de tendresse, de renaissance. Attirés l'un vers l'autre pour les mêmes raisons. Jusqu'à quand ? Est-ce que cet amour durerait au-delà de l'été ? Lui en était sûr, Diane pouvait résister un temps à ses sentiments, mais leur lien était trop profond déjà. Pourquoi se quitteraient-ils désormais qu'ils se faisaient du bien, se protégeaient, s'épanouissaient ? Elle semblait se réjouir de tout, de la beauté surtout. Leur aventure, c'était cette île. Leur périmètre. Et il leur semblait immense. C'était un petit désert sur la mer Égée. Ils en avaient fait leur Eden. Et ils aimaient se perdre sur les sentiers pour aller à la plage. Ils s'habillèrent à la hâte pour profiter de la journée. Elle marchait devant lui, les jambes saignées par les ronces, cabriolant entre les figuiers et les jujubiers, comme tirée du paysage. Il la regardait virevolter d'un bosquet à l'autre. De temps en temps elle se retournait avec un sourire complice, un bouquet de fleurs entre les mains. Était-ce cela le bonheur simple ? En bas, ils aperçurent la plage de Roukounas, qu'il prononça avec dyslexie. « Non, pas Kourounas... », se moqua-t-elle. C'est sur cette dune bordée de tamaris qu'elle avait planté sa tente le temps de l'été. C'est ici qu'elle voulait l'entraîner ce soir-là. Elle aimait son dépouillement, le sable blanc, la mer le matin. Au-dessus, la majestueuse colline du Kalamos impressionnait par son ombre menaçante. Quelques nuages blancs au sommet lui donnaient un air de volcan prêt à cracher sa lave sur la plaine où de jeunes campeurs préparaient le repas du soir en prenant l'apéritif, certains affalés sur des fauteuils pliants. Peut-être que la plupart d'entre eux l'avaient déjà vue avec un autre. Il aimait cette liberté chez elle, cette indifférence au qu'en dira-t-on. Lui, il avait envie de lui tenir la main, comme un enfant intimidé devant les regards inquisiteurs. Il avait envie qu'on sache qu'elle était avec lui, aussi. Elle laissa volontairement la tente entreouverte, pour écouter le ressac et le vent caresser les arbres autour. Au loin on discernait les lumières des bateaux. Il s'allongea près d'elle, sur son sac de couchage, en l'observant discrètement ranger sa maison dans la pénombre, s'agitant dans la fraîcheur de la nuit comme pour se réchauffer, comme s'il n'était pas là. Puis il passa la main dans son dos, sous son pull, pour sentir sa peau tiède, toucher sa colonne, son être. Alors, presque aussitôt, elle éteignit sa petite lampe torche pour se blottir contre lui. Elle l'embrassa généreusement en refermant l'angle de ses cuisses. Il se sentit disparaître en elle.

Chapitre 10

Le lendemain à l'aube, il fut réveillé par la fermeture Éclair de la tente. Diane partait tôt pour « étudier », chuchota-t-elle, en se retournant. Il se rendormit en écoutant ses pas s'éloigner. Plus tard, après une journée sans elle, il décida de la retrouver dans son bar. Elle le dévisagea, embarrassée par cette irruption inattendue.

« Tu viens me surveiller ? dit-elle en souriant avec une pointe de reproche.

— Non, rassure-toi, j'avais juste envie de te voir. »

Il jeta un coup d'œil furtif dans son pull. Là où ses mains s'enroulaient parfaitement autour de ses deux seins. Elle sourit, en levant les yeux au ciel.

« Tu me gênes, arrête. Tout le monde te voit. Au fait, le maire est passé tout à l'heure.

— Ah ? Il y a un maire ici pour combien d'habitants l'hiver, 30, 50 ?

— 270 au dernier recensement ! Il est venu nous prévenir de son projet de développement "encadré" du tourisme.

— Tout un programme...

— En effet... Mais c'était pas inintéressant. Apparemment il est conscient que l'île est en péril. Il veut la protéger, préserver les espaces verts, contrôler le trafic de bateaux, en augmentant les taxes. Après, méfiance, on les connaît les politiques en Grèce, c'est beaucoup de promesses, surtout à la veille des élections. Enfin, il se dit "écolo". On verra.

— Au moins, il a pris conscience de certaines choses.

— Oui, sauf qu'en même temps, il a parlé d'agrandir le port pour raisons de sécurité car les vents sont souvent violents en bas, et les manœuvres difficiles selon lui. Il veut aussi faciliter l'accostage des voiliers. Mais tout ça, ça veut dire plus de béton. Il est tellement joli le port ainsi, qu'est-ce qu'ils veulent de plus ? Tu sais qu'il date des années cinquante, il n'a quasiment jamais été retouché depuis. Et demain, si ce maire n'est plus aux commandes, qui nous dit que son successeur ne doublera pas le roulement des ferrys ? Tout cela m'inquiète, on dirait que l'urbanisation avance inexorablement, même ici, comme une sorte de rouleau compresseur, une île après l'autre. Je n'aime pas cette modernité uniformisée, Antoine. Je déteste ce monde que l'on construit, pour toujours plus de confort, plus de sécurité, de divertissement. Les gens ne regardent plus rien. L'autre jour je me promenais, et un groupe de touristes est descendu d'un minibus pour prendre, depuis la route, la même photo du monastère. Derrière eux, il y avait la petite cascade, la chapelle, des brebis, mais rien, ils ont pris la carte postale pour dire « on y est ». Et ils ne monteront même pas à pied pour visiter les lieux, profiter de la beauté du site. C'est effrayant !

— C'est pas plus mal, au moins, ça reste un endroit paisible. Le jour où ils te mettront un ascenseur en bas, comme à l'Acropole, pour faciliter l'accès au sommet, ce sera le début de la fin.

— Oui, tu as raison, autant qu'ils restent dans leur bus. D'ailleurs j'étais étonnée, c'est la première fois que je vois un minibus ici.

— C'est sans doute ton maire écologiste qui en a autorisé l'accès...

— Oui, c'est le comble de l'absurde, comme ces petites pancartes en plastique qu'ils ont plantées un peu partout, pour prévenir qu'ici et là, la nature est protégée...

— Des pancartes en plastique, ça n'a pas de sens en effet...

— J'ai envie de t'embrasser », l'interrompit-elle soudainement. Ça te dirait de m'attendre dans les toilettes ? Je t'y rejoins. Dimitri n'est pas là, il n'y a pas trop de clients. »

Il sourit, s'exécuta. Elle le regarda s'éloigner avant de prendre une dernière commande. Quelques hommes parlaient fort au bar. Elle les resservit avant de le rejoindre. Elle frappa à la porte. « C'est moi, tu m'ouvres ? » Il tourna la poignée d'un geste brusque et l'entraîna par le bras. Elle se serra contre lui. Ils s'embrassèrent longtemps, en parcourant mutuellement leurs corps. Dehors, quelqu'un frappa. Il la retint une dernière fois pour l'embrasser encore. Les pas s'éloignèrent. Ils sortirent alors des toilettes, tête baissée. Elle marcha vers le bar. Il la regarda servir un homme avec une pointe d'inquiétude.

Chapitre 11

Le ciel était bleu, mais le fond de l'air déjà automnal. Les températures avaient légèrement baissé depuis quelques jours. Un vent froid soufflait par rafales dans les ruelles du village, avec ses tourbillons de sacs plastiques emportés vers la mer. Ils décidèrent de profiter de cette fraîcheur inhabituelle pour se rendre au monastère de Panagia, situé à une dizaine de kilomètres du village. Ils rejoindraient la petite église blanche à pied sur le mont Kalamos, puis reviendraient par les sentiers de bord de mer si la météo le permettait. Ils achetèrent du pain et des tourtes aux épinards à la boulangerie, quelques tomates, un fromage de brebis, un melon à l'épicerie de la rue principale, remplirent leurs gourdes à la fontaine et filèrent vers la station de bus. À neuf heures précises, le vieux Mercedes s'arrêta devant eux. Quelques touristes entrèrent, dont un homme, chapeau d'aventurier sur la tête, lunettes rectangulaires au bout du nez, un air de microbiologiste en vacances. L'homme s'assit juste devant eux. À peine se mirent-ils à parler qu'il se retourna.

« Vous êtes français ?

— Moi oui, mon amie est grecque. Vous l'êtes j'imagine aussi ?

— Ah non, moi, je suis belge de Binche, vous connaissez peut-être, c'est en Wallonie, une ville célèbre pour ses Gilles.

— Ses quoi ? Interrogea Diane.

— Vous ne connaissez pas le carnaval de Binche ???

— Non, désolée...

— Ah mais il n'y a pas que la France, ma chère petite !!! ??

— Je suis grecque, reprécisa Diane.

— Ah oui ! Vous êtes excusée. Les Gilles, c'est une vieille tradition belge qui remonte au XVIe ou XVIIe siècle, c'était un personnage légendaire qui vivait dans les campagnes et se révoltait contre le pouvoir en place, on en a fait un gigantesque carnaval depuis deux siècles, avec des costumes très rares, c'est surtout une gigantesque beuverie... »

Diane et Antoine sourirent. Ce nouveau compagnon de voyage semblait bavard et drôle.

« Didier ! Enchanté. »

Ils se présentèrent à leur tour.

« Alors vous allez au monastère vous aussi ?

— Oui, nous y retournons, la vue est si belle là-haut.

— Ça c'est sûr, moi c'est la dixième fois que j'y vais. Je ne me lasse pas de cette vue. Il m'est même arrivé de dormir là-haut... À condition que ça ne souffle pas, et là ça a l'air bien parti. C'est le Meltem, le souffle de Zeus pour rafraîchir l'atmosphère, haha ! »

Antoine regarda Diane.

« Et qu'est-ce que le Meltem? interrogea-t-il.

— Le Meltemi en grec, reprit Diane, c'est le vent du nord, qui souffle en général l'été sur la mer Égée et peut faire considérablement baisser le thermomètre... Cela varie d'une année à l'autre, mais il peut arriver qu'il souffle plusieurs jours de suite.

— Bravo, répondit le touriste belge, j'ajouterai que ce vent très violent se forme et se fraye un chemin au nord, entre l'anticyclone des Açores qui se fixe au-dessus des Balkans et une dépression au-dessus de la Turquie, sur toute l'Anatolie.

Je peux vous dire, pour l'avoir vécu, qu'il vaut mieux ne pas être en mer quand ce vent s'abat sur les Cyclades. Pour certains marins, même si ce n'est pas le Cap Horn ou les Quarantièmes rugissants, ça peut vous démâter un bateau ou vous catapulter illico sur une crique. D'ailleurs, en général, les voiliers restent à quai quand le Meltem se lève. »

Ils s'arrêtèrent de parler. Dehors, les rafales donnaient l'impression de dompter la mer au large. Le bus s'arrêta devant une allée de cyprès dissimulant un vieux corps de bâtiment en pierre de taille.

« Ah, nous voici arrivés au monastère de Zoodochos Pigi, très exactement. Il doit dater du XIXe siècle ! L'église abrite quand même de très vieilles icônes du XIIe siècle. Elles ont été sauvées du dernier grand tremblement de terre. Celui de 1956 qui a détruit une partie de l'église en haut de la colline. Il y a beaucoup de légendes autour de cet endroit. Au passage, il a été en partie construit avec les pierres pillées sur le temple d'Apollon, dont il ne reste que des ruines ici ou là. C'est pas rien, Anafi abritait un seul temple, c'était celui du dieu de la lumière. Ceci explique cela... Anafi, c'est l'île de la lumière ! »

Antoine se retourna discrètement vers Diane.

« J'espère qu'il ne va pas nous coller tout le trajet, le Belge », lui dit-il tout bas.

— Rhooo, t'es pas gentil, il est sympa... Et puis il connaît plein de trucs, allez arrête, il est seul...

— Ok, oui, il est plutôt gentil. Mais qu'est-ce qu'il est bavard...

— Ça vous dérange si je vous accompagne, les interrompit-il.

— Oh non, pas du tout, avec plaisir », répondit Antoine.

Le petit groupe marcha une bonne heure sur un sentier escarpé par endroits, violemment battu par le vent. Un arbre était couché sur le sol, comme frappé par des années de tempêtes.

« C'est un caroubier, précisa le Belge, voyez, ces petits fruits sont comestibles. Les chèvres en raffolent. La pulpe jaune contenue dans les gousses est très sucrée. Ça a un goût de chocolat. Dans l'Antiquité, les graines servaient d'unité de mesure. »

Le chemin cahoteux s'élevait au milieu de vestiges d'anciennes fortifications et de petites murailles. Il disparaissait parfois, avec ici et là quelques flèches peintes sur la roche pour indiquer la direction. Leur ascension s'avérait de plus en plus difficile, un dernier escalier de pierre les mena au monastère de Panagia Kalamiotissa. Au sommet, la petite église blanche, fragile, esseulée, semblait tenir difficilement en équilibre tout en haut de cette pyramide naturelle qui formait le mont Kalamos. En bas, les vagues s'abattaient avec fracas sur les rochers. Le ciel bleu était clair, comme nettoyé, purgé. Au loin ils apercevaient, très au sud, les rivages crétois. De l'autre côté, au nord, ils reconnurent les maisons blanches du village de Chora et derrière, tout au bout, l'île de Santorin. Ils déjeunèrent sur le toit de l'église.

« C'est peut-être l'un des plus beaux endroits que je connaisse, soupira Didier. À chaque fois que je reviens ici j'ai l'impression de toucher la perfection. Même cette église toute simple est belle. Vous savez qu'elle date du XVIe siècle, même si elle a été plusieurs fois détruite et reconstruite, après une succession de séismes ? Ce n'est pas un endroit tranquille. Ça tremble régulièrement, et beaucoup ! Car on n'est pas très loin de la fameuse faille sismique près de la Crète. Et dire qu'autrefois des moines vivaient ici, ils n'avaient peur de rien. Vous imaginez, c'était comme vivre sur un phare, avec ses tempêtes, la solitude, la crainte que tout s'écroule. Quel étrange destin, choisir de s'isoler du monde. Cet endroit n'avait certainement rien à envier au Mont Athos. »

Ils partagèrent leur repas avant de redescendre par le même chemin. Tout en bas ils prirent un sentier qui emmenait vers la petite crique d'Agii Anargyri, que Diane connaissait. La plage avait l'avantage d'être protégée du vent par des tamaris. Ils en profitèrent pour se baigner. Puis ils remontèrent une série de chemins sinueux et odorants qui les ramenait lentement à bon port.

« Je prends le bateau demain, c'était mon dernier jour. J'ai été heureux de le passer avec un si joli couple », conclut Didier.

Ils échangèrent leurs adresses avec des promesses de retrouvailles. Didier les salua et disparut au bout d'une rue.

« Tu vois, dit Diane, ce type valait le coup, il était touchant dans sa solitude.

— Oui, tout à l'heure en marchant, quand tu cueillais du thym, il m'a raconté qu'il avait aimé une fille un été à Anafi, un coup de foudre, mais qu'elle l'avait rejeté au retour des vacances. Il ne s'en n'est jamais remis, le pauvre.

— Ah oui ? se retourna Diane, l'air interloqué.

— Oui, et tu sais quoi ? Ils habitaient exactement là où nous sommes, dans cette petite maison. »

Diane sourit un peu gênée.

« J'ai envie d'une brochette, ça te dit ? En plus je ne travaille pas ce soir, Dimitri m'a dit qu'il se débrouillerait. »

Fatigués par leur journée, ils dînèrent à la taverne Sokaki au cœur du village, là même où il l'avait repérée pour la première fois. Le soir ils s'endormirent rapidement, serrés l'un contre l'autre.

Chapitre 12

Au matin, ils furent réveillés par le son des cloches. Elles retentirent si fort et si longtemps qu'Antoine se demanda s'il n'était pas arrivé quelque chose de grave. Après tout, autrefois, elles sonnaient pour annoncer un naufrage. Et les derniers jours avaient été particulièrement mouvementés. Il se leva d'un bond, ouvrit la porte pour comprendre ce qu'il se passait dans la rue. Il vit passer devant la maison un cortège de femmes en noir. Elles chantaient des psaumes en brandissant des icônes à bout de bras.

« Recouche-toi, c'est la *Théotokos*, la fête de la Nativité de la Vierge », le rassura Diane, en souriant.

Il referma la porte.

« Ça n'a pas l'air très gai en effet, mais lève-toi, viens, allons voir ce qu'il se passe.

— Oh par pitié, on est dimanche, laisse-moi dormir.

— Allez, pour une fois qu'il se passe quelque chose à Anafi... »

Diane lui fit un clin d'œil. Elle se leva à son tour à demi-nue en maugréant, puis s'habilla rapidement.

« Ok, ok, on va le voir ton pèlerinage. Quel bigot tu fais ! Mets au moins un pantalon si jamais tu veux rentrer dans l'église ! »

Ils sortirent et rejoignirent discrètement au pas de course la colonne de fidèles qui remontait doucement vers le haut du village. Certains se signaient en passant devant les petites chapelles.

« La Nativité de la Très Sainte Mère de Dieu est l'une des fêtes les plus importantes du calendrier liturgique orthodoxe, lui précisa-t-elle en marchant.

— Je pensais que les orthodoxes ne conféraient pas d'importance à Marie...

— Au contraire, si elle n'est certes pas considérée comme divine, comme chez vous les catholiques, elle est très respectée pour être *celle qui mit Dieu au monde*. Vierge avant, pendant et après la conception de Jésus, elle est *l'immaculée*, la Toute sainte, la Toute pure. Elle est aussi l'exemple de parfaite docilité à la parole de Dieu et le modèle de toute sainteté.

— Dis-donc, tu t'y connais bien pour une païenne.

— N'oublie pas que j'ai grandi à l'école grecque, qui n'est pas laïque comme en France. On reçoit une éducation religieuse stricte. Disons que j'ai quelques restes. »

Ils arrivèrent sur la place principale, en haut du village, décorée à l'occasion de petits fanions religieux et de drapeaux grecs. Les cloches continuaient de sonner, tandis que des couples âgés se serraient déjà à l'intérieur de l'église. Le pope tout de noir vêtu lisait des passages de la bible sur un ton solennel et monocorde. Ils restèrent debout plusieurs minutes à observer l'office, puis Diane soupira.

« Pfff, écoute, je crois que c'est suffisant pour moi aujourd'hui. Je n'aime pas trop ces ambiances, ça m'ennuie, lui glissa-t-elle tout bas.

— Moi j'aime bien. Je trouve cela émouvant. Ce sont aussi tes origines. Tu es plus chrétienne que tu ne le crois.

— Ah bon, non, je ne me sens pas liée à cette histoire. La mienne, c'est l'antiquité, ça me parle plus. J'aime les mœurs de l'époque, la tolérance, la philosophie évidemment.

D'ailleurs, pour ton information, il y a beaucoup de vestiges archéologiques, principalement des statues antiques, exposées au musée du village. Anafi est très imprégnée de cette histoire antique, comme la plupart des Cyclades d'ailleurs. Non, la chrétienté, j'y vois que de la douleur, des guerres, des conquêtes. Définitivement, la croix, l'encens, ce n'est pas mon truc. Et puis n'oublie jamais que nous avons été sous domination ottomane pendant près de cinq siècles. Ça aussi ça a laissé des traces.

— Plutôt mauvaises d'après ce que j'ai compris. »

Les cloches se remirent à sonner. Le pope passa dans les rangs en agitant l'encensoir.

« Viens, c'est assez pour aujourd'hui. » Ils redescendirent la rue.

« C'est drôle, j'ai l'impression que tu rejettes cet héritage-là, lui dit-il.

— On nous l'a trop imposé, lui répondit-elle d'abord, avant d'ajouter : Κύριε ἐλέησον! Kirie Eleison! Seigneur, aie pitié. »

Chapitre 13

Les journées se ressemblaient, le temps leur échappait. Douce et légère, la vie s'accélérait. C'est l'ennui ou la douleur qui donnent parfois une impression de lenteur. Antoine et Diane avaient décidé de laisser filer ce temps. Dans cette parenthèse qu'ils partageaient, ils aimaient découvrir les recoins de l'île comme on sonde les zones d'ombre de l'âme. Ils marchaient ensemble, partaient, quittaient le village pour creuser, descendre au fond d'eux-mêmes. Marcher pour mieux se retrouver peut-être aussi. Ce jour-là, ils prirent la direction du nord-ouest. Au loin, l'île de Santorin leur servait de repère. De ce côté-là, les humains se faisaient plus rares, le vent soufflait, glacial. Les plages étaient désertes, jonchées de plastiques rapportés par les courants marins... Au bout de la route qui descendait vers une crique isolée, ils aperçurent un nouvel hôtel construit sur le flanc de la colline face à la mer. Une piste de cailloux, pas encore asphaltée, récemment creusée dans la roche, défigurait déjà la vallée, cisaillant l'horizon si pur, comme la prémice d'une urbanisation à venir, irrémédiable. Une rangée de lampadaires avait déjà été installée, sans câble électrique ni ampoule, tel un drapeau étoilé planté sur la lune. À l'entrée du complexe hôtelier, sur une pancarte en bois, ils pouvaient lire : « Anafi Resort ». De loin, ils aperçurent une immense bâtisse en pierre de taille, aux grandes baies vitrées, d'une architecture moderne tout en longueur, censée s'inscrire dans le paysage. Des silhouettes accroupies tournées vers la mer formaient un groupe assis sur la terrasse devant la piscine.

« Ah c'est là qu'il y a des cours de yoga, dit Diane. Je reconnais Amelia de loin. Je l'ai rencontrée sur une plage il y a quelques semaines. C'est une jeune professeur allemande venue enseigner le hatha yoga sur l'île tout l'été, ici au Anafi Resort. Je ne savais pas que c'était là.

— C'est quoi le hatha yoga ?

— C'est une technique de yoga qui met l'accent sur la salutation au soleil avec 12 postures de base pour accroître la force et la flexibilité de la colonne vertébrale.

— Hum, la salutation au soleil... Étrange de faire du yoga dans un endroit aussi artificiel.

— Je ne sais pas pourquoi tu dis ça. Cette fille est très saine, écolo. Elle a fait plusieurs retraites de méditation en silence à Dharamsala. Elle vit pleinement sa religion. Et sur le plan matériel, elle fait très attention à ne pas souiller l'île. Elle a un mode de vie très respectueux de l'environnement. Non vraiment, ne la juge pas trop vite, tu ne la connais pas. Après, cet endroit se confond avec la nature, il respecte le cadre dans son apparence, tu ne trouves pas ?

— Mouais, si on veut, mais ça reste un hôtel. Une construction de plus sur un site autrefois naturel, sauvage. Je ne sais pas qui va dans ce genre d'endroit. Des touristes blindés qui veulent profiter d'un confort haut de gamme, avec nourriture vegan et cours de yoga ? Ils ne pourraient pas marcher comme tout le monde, plutôt que de végéter là, devant la mer ? »

Diane le regarda avec froideur.

« T'es quand même assez intolérant... Les gens font ce qu'ils veulent, si ça leur plaît, de rester là, de prendre des cours de yoga, c'est leur droit. Pourquoi voudrais-tu que tout le monde te ressemble ?

— C'est juste, répondit-il en baissant la tête. Mais ce qui m'étonne le plus, c'est le mimétisme, cette façon que la société a de nous imposer ses codes, de vouloir nous donner les clefs du bonheur. On dirait qu'il n'y a plus aucune place pour l'instinct, l'intuition, la découverte. Tout est bordé. Et la pandémie n'y a rien changé. Tu vois, même ces stages de yoga font partie d'un package commercial. C'est une publicité. Le cadre est beau, les gens sont beaux, c'est soi-disant le monde merveilleux, en réalité il est effrayant. »

Diane lui prit la main.

« Allez, arrête d'être négatif, regarde plutôt ce beau paysage sur ta droite. Tu n'es pas obligé de rester bloqué sur cet hôtel, sur cette fille... Regarde, au bout on aperçoit presque les petites maisons blanches de Santorin.

— Belles de loin, conclut-il en soupirant. Sans vouloir être méchant, elle est très sincère ta prof de yoga dans sa spiritualité ? provoqua-t-il un peu plus.

— Tout le monde n'est peut-être pas bon, mais il y a toujours quelque chose de bon en chacun. Ne jugez personne de sitôt car chaque saint a un passé et chaque pécheur a un avenir, Oscar Wilde, dit-elle fièrement.

— Bravo, mais tu sais que la religion orthodoxe dit à peu près la même chose. »

Elle se mit à rire et dégringola un sentier de berger qui filait vers la mer.

« Pas si vite, attends-moi », cria-t-il alors que Diane courait déjà loin devant.

Chapitre 14

Antoine et Diane prenaient le temps, chaque matin, de regarder du haut de la terrasse les voiliers s'approcher de la côte. Chora était si proche de la mer qu'on pouvait presque entendre les bateaux accoster en bas. Parfois la sirène du ferry résonnait à l'approche de l'île. C'était leur horloge. Après avoir descendu le chemin de dalles à flanc de colline, ils arrivèrent au port. Le ciel était très bleu. Une belle journée s'annonçait. Un bateau de pêche rentrait de sa nuit. Sur la petite plage, des enfants criaient dans l'eau. Un homme plantait un parasol. Un jeune couple se réveillait dans un sac de couchage. Ils s'arrêtèrent dans le café juste en face de la plage et commandèrent deux cappuccino. Ils s'assirent sur une table face à la mer. Antoine appréciait cet endroit, pour son côté désuet. L'impression que rien n'avait changé depuis des décennies. La même ambiance balnéaire, familiale, comme une carte postale intemporelle.

« Une année, j'ai failli acheter ici, dit Antoine. Cette petite maison blanche là, en ruine, que tu vois, vraisemblablement construite dans les années 1940. Enfin, elle en a le style. J'aimais bien sa terrasse. Et puis elle est simple mais possède une certaine allure. Tu ne trouves pas ?

— Si, elle a beaucoup de charme, de loin...

— En 2015, elle était en vente, elle l'est peut-être encore, mais il n'y a plus la pancarte. En tout cas, elle est très abimée… C'est dommage, encore une maison dont ils attendront qu'elle s'écroule pour faire quelque chose, sans doute en reconstruire une plus moche à la place. À Athènes, c'est pareil, je me suis promené l'autre jour avant de prendre le bateau au Pirée, et j'étais effaré de voir le nombre de bicoques anciennes à l'abandon.

— Oui, ce sont des histoires de testament mal fichu et de pression immobilière. Souvent plusieurs familles héritent d'une même maison et ne s'entendent pas sur le partage, alors la maison est abandonnée et finit par être revendue en terrain constructible. C'est un fléau dans ce pays, que nos gouvernements libéraux ont participé à aggraver ces dernières années à travers des politiques irresponsables qui poussent à la vente des terrains, à la construction sauvage. Ça coûte moins cher de tout détruire et de faire du neuf que de rénover… C'est pareil en France, sauf que vous avez davantage les moyens de préserver votre patrimoine. Ici, avec la crise économique, à part l'Acropole, les grands sites archéologiques, quelques monuments et quelques îles, on a fait une croix sur notre passé. Les gens sont pris à la gorge. Alors on laisse filer des pans entiers de notre mémoire, c'est vrai.

— Quelle tristesse, et rien n'est fait contre ça ? Personne ne s'organise ? Pas même un collectif ? »

Antoine sourit. Diane le regarda avec défiance.

« Non ! Ne te moque pas de moi. Et puis on n'a pas cette culture de l'ancien comme vous. Au mieux, des étrangers rachètent ces maisons. Au pire, elles sont détruites. Étrangement, les Grecs ont perdu le sens des vieilles pierres. Et la crise est passée par là, les gens n'ont surtout pas les moyens de retaper ces maisons. Ça coûte très cher, surtout sur les îles, où il faut acheminer les matériaux.

— En tout cas, j'aime bien cette petite maison. Je pourrais facilement y vivre, même si je sais que le vent souffle fort parfois ici. La plage doit être triste l'hiver. Et le port sinistre sous la pluie, sans un bateau.

— C'est drôle que tu me dises tout ça. Elle est certainement plus vieille que ça, cette maison, c'est une des premières ici. On raconte qu'elle servait de capitainerie. Tu sais, pendant longtemps cette île n'a attiré personne. Elle était un peu maudite, comme trois autres, on les appelait les îles du diable.

— Rien que ça ? Un si bel endroit. Qu'est-ce qui lui a fait cette réputation ? Je vois que tu ne connais pas très bien l'histoire de l'île...

— Si, vaguement. Enfin, je me suis davantage arrêté sur sa beauté, son apparence. Comme aurait dit Lacarrière, "j'ai été ébloui par la beauté forte et volcanique de cette île"...

— Joli résumé en effet, mais tu sais, après la Deuxième Guerre mondiale, il y a eu une longue guerre civile en Grèce, entre communistes et partisans d'un régime fort. Les fascistes ont gagné. Alors ils ont déporté dès 1946 des communistes sur quatre îles, Makronissos, Chios, Trikeri et Anafi. La famine pendant l'occupation allemande et les exactions de la guerre civile qui a duré jusqu'en 1949 ont fait plus d'un million de morts. On trouve encore ici et là quelques traces de cette déportation. Et vois-tu, c'est ici que les bateaux arrivaient pour déposer les prisonniers politiques. Un jour j'ai rencontré un vieux monsieur à Athènes, le grand-père d'une amie, qui m'a raconté tout ça. Il avait vécu dans de terribles conditions, sans pouvoir voir sa famille ni retourner à Athènes. Quand je lui ai dit que je connaissais l'île et que c'était ma préférée, il m'a répondu, avec un air grave : « J'y ai été deux ans comme déporté, je ne peux pas la trouver belle ». Alors depuis, j'ai compris qu'un site aussi beau soit-il ne l'est que lorsqu'on est libre de l'apprécier.

— C'est un peu comme le couple, il ne faut jamais être forcé.

— Voilà ! Tu as enfin compris. »

Il touilla le fond de sa tasse de café avec la petite cuillère. Après avoir bu la dernière gorgée, Antoine régla l'addition. Ils marchèrent pieds nus sur la plage.

« Ouille, le sable est brûlant », lâcha-t-il en rechaussant aussitôt ses sandales. Il regarda, impressionné, Diane marcher devant lui sans la moindre gêne apparente. Mais soudain elle s'arrêta.

« Merde alors, je ne savais pas qu'ils avaient déjà agrandi l'embarcadère. Je vois pas ce que le maire pourrait faire d'autre, c'est déjà bien suffisant pour Anafi. Et puis avant, il y avait une petite plage là, juste sous la falaise. Elle a disparu, sans doute parce qu'ils ont modifié l'entrée du port. J'adorais venir me reposer ici avant, bouquiner. Ça alors, la plage n'est plus.

— Oui tu as raison, j'avais oublié. C'est fou comme en quelques années, tu vois, la modernité peut transformer un paysage. Quand je pense qu'il y a encore vingt ans, quand je suis venu pour la première fois, rien n'avait bougé ici. »

Ils nagèrent d'abord pas très loin des voiliers, avant de s'éloigner au large, de dépasser la pointe pour redescendre vers la plage voisine de Klisidi. Ils échouèrent quelques minutes sur le sable chaud et humide au bord de l'eau, mais le soleil au zénith les obligea rapidement à repartir. Ils avaient laissé leurs vêtements au port. Ils décidèrent néanmoins de revenir en marchant d'un pas alerte, par le sentier des douaniers, à l'ombre, le long de la falaise. Sur les hauteurs, une villa de style néo-classique à la vue panoramique, prétentieuse, donnait l'impression de glisser dans le vide. En bas, la plage avait retrouvé sa quiétude. C'était l'heure de la sieste. Avec la chaleur, la torpeur envahissait l'île. Ils récupérèrent leurs affaires, déjeunèrent à la taverne du port, avant de remonter à pied vers Chora.

« Au fait, lui dit-elle, bonne nouvelle, à partir de ce soir je commence plus tard le boulot. La saison s'arrête bientôt, dans une semaine le patron ferme le bar, nous aurons bientôt toutes les soirées ensemble. »

Chapitre 15

Il y avait du monde dans la rue malgré la brise. Le vent froid soufflait sans interruption depuis une semaine. Les odeurs de poisson grillé s'échappaient des cuisines entrouvertes. Ils descendirent quelques marches, passèrent devant la terrasse d'un bar lounge où se déhanchait un groupe de jeunes Américaines, avant de pousser la porte de la taverne familiale Steki, située en contrebas de la place du village. On y venait surtout pour écouter des airs de Rebetiko. Trois jeunes musiciens enchaînaient les mélodies tristes au bouzouki[1], accompagné d'un violon et d'un accordéon. Diane entra la première, et quelques visages se retournèrent sur son passage. Elle portait son pull marin, un paréo autour des hanches qui moulait ses fesses. Pieds nus dans ses sandales, elle était gracieuse. « Attends quelques minutes, je vous trouve une table tranquille », promit Stelios, le propriétaire. Il y avait là surtout quelques habitants du coin, des touristes français ou italiens attablés devant de grandes assiettes de fruits de mer. Ils s'assirent un peu en retrait. Diane s'installa dos à l'assistance. « Comme ça, je peux mieux te regarder », précisa-t-elle en souriant. Il l'observa fixement au milieu du

1. Le luth national.

tumulte. Elle passa la commande de sa petite voix suave. Et rapidement les mezzes s'accumulèrent sur la table, un peu de saganaki[2], du miel et du sésame, des olives, du tzatziki, des beignets de calamar. Après quelques applaudissements, la musique se fit plus douce.

« Tiens, écoute cette chanson. Elle s'appelle *Smyrneiko Minore*. C'est un standard ici. C'est une grande chanteuse des années 1920, et c'est Marika Papagika qui l'a interprétée pour la première fois. Elle est considérée comme l'une des plus tristes qui soit. Le refrain dit ceci : "Si tu m'aimes et que c'est un rêve, il est possible que je ne me réveille jamais. Dans la douceur de l'aube, Dieu devrait m'enlever mon âme. "

— Oui ce n'est pas très gai. D'ailleurs la chanteuse a les larmes aux yeux. »

Diane disposa dans les assiettes les différents mezzes posés sur la table, en bonne maîtresse de maison grecque.

« Tiens, goûte ceci.

— C'est drôle, on se connaît depuis plusieurs jours et je ne sais même pas ce que tu fais de ta vie en dehors d'Anafi, interrogea-t-il.

— J'étudie la psychologie de l'enfant pour le mettre à l'abri des adultes, c'est aussi simple que ça. Et toi ?

— Des adultes ?

— Oui, à l'abri de la maltraitance, du viol, de l'inceste quoi, tout ce qui commence aujourd'hui à ne plus être un tabou. Les langues se délient tu sais. Je veux contribuer à mettre un terme aux rapports de pouvoir et de domination, à cette société patriarcale qui pour moi a engendré le monstre.

— Et bah, ça c'est du féminisme !

— Non, c'est de l'humanisme. Et toi ?

— Ah moi, c'est le contraire, je m'occupe des adultes, je suis chasseur de têtes. Je trouve du boulot aux autres.

---

2. la spécialité de fromage passé au four.

C'est la lutte des places ! L'avantage, c'est que je bosse pour moi-même, j'ai mon propre cabinet. Ça marche à peu près, c'est un peu plus compliqué avec la Covid, les entreprises n'ont pas vraiment tendance à embaucher en ce moment.

— En même temps tu ne dois pas manquer de candidats...

— Pas vraiment en fait, mon boulot, c'est d'aller débaucher des gens qui ont déjà un poste pour leur proposer d'évoluer ailleurs. Je ne travaille pas pour Pôle emploi. Et toi, il y a du taf dans ton domaine ?

— Bien sûr, surtout dans mon domaine justement...

— Ah ?

— Oui, avec un collectif, nous avons un projet de communautés démocratiques. Et je m'occuperai de la partie psychologique et éducative.

— Démocratique ?

— Oui, on voudrait mettre en place des villages sans véritable pouvoir, et avec davantage d'échanges entre enfants et adultes. Chaque acteur de la société offrirait son savoir à l'enfant et vice-versa. Nous avons plein de choses à apprendre des enfants. »

Il la regarda avec un air circonspect.

« Ce n'est pas un peu utopique ?

— Je m'attendais à ce que tu me dises cela, répondit-elle. Tu n'es pas toujours très original, je vois. Pourquoi faudrait-il des maîtres et des élèves ? Après tout, les enfants n'ont-ils pas des choses à nous apprendre ? L'idée, c'est de récréer le lien entre nous pour une société plus juste, plus équilibrée et épanouie. Tu sais, l'autorité des adultes est souvent source d'incompréhension et d'échec chez les plus jeunes.

— Donc tu veux une société sans autorité ? Tu n'as pas peur que les enfants n'obéissent jamais ? C'est l'anarchie ton truc. »

Elle l'observa avec une pointe de mépris. Puis elle sourit en caressant sa main.

« Avant les mathématiques ou la physique, nous devons apprendre à respirer et, je crois, à désapprendre.

Ne pourrait-on pas envisager que le comportement agité des enfants soit la réaction à une violence dont les adultes seraient à l'origine ? Je veux donc davantage d'écoute, d'échange, d'expression, moins de compétition et d'ordre. »

Pour Antoine, Diane semblait s'enfermer toute seule dans un discours qui lui rappelait un peu les stéréotypes de 1968.

« Hum, j'ai l'impression que tout cela a déjà été expérimenté. Il faut bien un socle à une société. Tous les gens n'ont pas ta liberté, ton intelligence, ton indépendance. Et si certains avaient besoin d'un cadre ? En gros, rien de nouveau, tu es une néo-hippie ! »

Elle éclata de rire.

« Levons notre verre à cette nouvelle société, s'écria-t-il. Ah, mais le pichet de blanc est vide.

— Commandons-en un autre. »

À la table voisine, une petite fille les regardait en silence. Les airs de Bouzouki devinrent plus joyeux. Des clients se levèrent pour danser en frappant dans les mains. Elle posa la sienne délicatement sur son visage.

« Tu me plais. J'ai envie de toi. Tu es beau ce soir. Même si tu peux m'énerver. Car là où tu te trompes, là où tu me méjuges, c'est que je n'ignore rien de ce que je suis. Tu as besoin de penser que je suis une petite fille. Je suis pleine de doutes comme toi, j'ai simplement davantage d'idéaux. Ne les brise pas. »

Ils se levèrent de table. Elle insista pour régler l'addition. Il savait qu'elle n'avait pas beaucoup d'argent et que ce repas représentait un gros effort pour elle. Il appréciait. Une femme de son âge, à côté, les observa sortir. Il la remarqua. Était-elle jalouse de cette jeunesse, de cette liberté ?

« Cette chanson s'appelle *Echo ena kafene*, ça veut dire J'ai un café, précisa-t-elle. J'ai un café sur les quais du port. Les larmes l'ont construit pour ceux qui restent et attendent.

J'ai un café qui écoute toujours la même chose, les bateaux et les voyages de ceux qui restent et attendent. J'ai un café qui est une vieille ruine. Ah, si c'était un bateau pour ceux qui restent et attendent. C'est beau non ?
— Oui, c'est anafien. »

Sur le chemin du retour, ils s'arrêtèrent sur les hauteurs pour regarder la mer en dessous. Tout en bas, un petit navire à moteur, dont les phares scintillaient dans la pénombre, rentrait au port. Il la serra contre lui, après avoir recouvert ses épaules de son blouson. Il faisait froid désormais. Elle posa sa tête dans son cou.

« J'aimerais bien faire partie de tes projets », lui dit-il tout bas. Elle le dévisagea en silence.

« Oups, il est 22h15, faut que je file ! Dimitri va encore me remonter les bretelles ». Elle l'embrassa. « Dors bien, je te retrouve cette nuit. »

Chapitre 16

Diane se réveilla la première. Elle provoqua son désir. Ils firent l'amour ensommeillés. Puis elle se leva, prépara le café, s'habilla à la hâte. La veille, elle l'avait prévenu : « je ne fais rien, avec toi, je ne suis pas sérieuse, je dois me consacrer à mon mémoire. Demain j'étudie, on se laisse un peu tranquille, ok ? » Elle brossa ses cheveux puis elle l'embrassa. « Je file au café où il y a du wifi, tu sais », précisa-t-elle tout bas, avant de refermer la porte. Malgré son envie de ne jamais la quitter, Antoine devait se résigner à passer la journée seul. Il décida de rester à la maison pour bouquiner. Il prit d'abord un peu le soleil sur la terrasse, but plusieurs tasses de café, regarda la mer, avant de se remettre à l'ombre, dans la chambre. Il n'avait pas très envie d'aller à la plage. Dehors le vent continuait de souffler. Il était plus heureux dans ce cocon. Il l'attendrait. Il aimait cette idée. La journée s'écoula, douce et reposante. Il faisait déjà nuit lorsqu'elle pénétra dans la chambre. Antoine était toujours allongé sur le lit. Il se tourna aussitôt vers elle « Et bah, enfin, c'est à cette heure-là que tu rentres ! » Elle déposa un baiser sur ses lèvres pour lui signifier de se taire. Et aussitôt elle s'alluma une cigarette en se dirigeant vers la terrasse. Elle avait l'air inquiet. Il eut alors le pressentiment qu'il s'était passé quelque chose. Quoi ? Avait-elle eu son ex au téléphone ? Il savait qu'ils se parlaient régulièrement. Avaient-ils eu une dispute, un désir ? Il se leva, se rapprocha d'elle :

« Ça va ? Tu as l'air bizarre ». Elle lui sourit :

« Oui, ça va bien, je suis heureuse de te retrouver, j'ai bien bossé. »

Elle semblait néanmoins mal à l'aise. Elle se rapprocha de lui, caressa ses cheveux. Il posa sa main sur sa joue comme pour la réconforter. Elle lui sourit encore. Il crut reconnaître dans ses yeux du désir, alors que le matin même ils avaient fait l'amour trop rapidement peut-être. Les doigts de Diane glissèrent aussitôt le long du corps d'Antoine. Ses doigts fins avaient déjà l'habitude. Peut-être répétait-elle quelque chose. Il se laissa faire. Elle dénoua ses cheveux en cascade sur ses jolies épaules rondes. Il aimait son allure. Ses jolis pieds bronzés lacés dans des sandales de cuir faisaient penser à ces jeunes femmes sous l'antiquité qui marchaient pieds nus dans les ruelles de Thèbes. Il glissa sa main dans son chemisier pour effleurer ses seins. Elle lui tendit une autre main qu'il serra dans la sienne en tirant machinalement sur ses phalanges. Puis elle s'agenouilla sur le sol devant lui. Que cherchait-elle à expier ? S'en voulait-elle d'oublier l'autre ? Elle releva la tête dans sa direction. Il se mit à caresser ses cheveux. Il aimait son regard sur lui. Elle s'appropriait doucement sa virilité. Il regarda ses jambes bronzées. On aurait dit celles d'un animal de légende. Elle ferma les yeux.

Chapitre 17

Diane dormait encore. Antoine se doucha, en observant son corps nu étendu sur le lit. Il passa une serviette autour de sa taille et sortit sur la terrasse. Un rayon de soleil la réveilla. Elle se couvrit le visage avec un oreiller. Il disposa la table, deux tasses, deux cuillères, un couteau à beurre, un pot de confiture. La journée s'annonçait très chaude. Les rayons du soleil éblouissaient déjà le carreau. Il regarda la mer en bas. Un trois-mâts fendait l'horizon au loin avec sa voilure hautaine. Un autre plus modeste dont le moteur faisait écho dans la colline semblait rentrer au port. Il se servit le café, rajouta un peu de lait et s'assit pour regarder encore au loin. Diane apparut alors, nue, dans l'encablure de la porte.

« Tu m'as donné envie de me lever, dit-elle en l'embrassant sur le front. Tu t'intègres parfaitement dans le paysage. Quelle lumière. Que c'est beau. »

Il l'attira contre lui. Il déposa un baiser sur son nombril. Elle caressa ses cheveux.

« Tu veux un peu de café ? dit-il.

— Oui, avec plaisir, mais pas trop de lait, s'il te plaît. »

Il prit la cafetière, remplit une autre tasse.

« Tiens, c'est un café italien que j'ai rapporté de Paris, il est très aromatisé, j'aime beaucoup. »

Elle posa la tasse sur ses lèvres. Il la regarda boire.

« Tu es belle. Qu'est-ce qu'il t'arrive, tu es de plus en plus belle.

— Rien, tu es un peu aveugle ou amoureux. Ne sois pas trop aveugle, reste amoureux. »

Il sourit, posa sa tête contre son ventre.

« Quand je vois tant de beauté, je me dis que je pourrais disparaître maintenant. Tu vois, c'est mon idée du bonheur. Notre monde est celui de l'éphémère, alors pourquoi espérer plus ?

— Dis pas de bêtises, tu as d'autres rêves. La vie ne s'arrête pas ici, et puis tu sais que c'est un leurre. Malheureusement tout ne se résume pas à l'été à Anafi.

— Certes, mais j'aimerais, comme souvent les gens qui ont goûté au bonheur, arrêter les aiguilles de l'horloge. Vivre longtemps avec toi ici.

— C'est drôle, tu sais, car j'aimerais justement donner aux nouvelles générations l'envie de protéger cette île, d'y vivre et d'y rester durablement. Pourquoi toujours partir ?

— Oui, je suis bien d'accord, toute cette suractivité sur la planète, ce besoin quasi schizophrénique d'aller voir ailleurs. »

Antoine servit le café. Il la regarda.

« Tu es belle aujourd'hui. Tu as pris des couleurs encore hier ? Ça te va bien. Ton visage est lumineux... »

Il passa une main dans les cheveux de Diane.

« Arrête, ne touche pas mes cheveux, dit-elle, en retirant sa main. Je n'aime pas cette sensation.

— Ah pardon, je te fais des compliments...

— Oui, merci, j'ai mon apparence d'été.

— Tes cheveux ont blondi en plus.

— Oui et avec le sel, ils ont épaissi, c'est insupportable. J'arrive plus à les brosser.

— Ne les brosse pas ! J'adore quand tu les mets en chignon, comme ça tu ressembles vraiment à la Vénus de Milo.

— Hum, la déesse Aphrodite, ça me convient...

— Et moi ça m'honore. Ça me donne envie de vivre ici toute la vie avec toi.

— Tu sais, pour revenir à tous ces gens qui s'exilent sur le continent, c'est bien évidemment souvent malgré eux. Le système est ainsi fait qu'il oblige les gens à quitter l'île pour trouver du travail, survivre en s'agglutinant dans des villes.

— Oui, rien de très nouveau. Mais que peut-on faire à Anafi ?

— Vivre.

— En faisant quoi ?

— Pour ma part, en créant une communauté démocratique.

— Hum, et je pourrais t'accompagner dans cet objectif...

— Que ferais-tu ?

— Je ferais de la permaculture ! (il rit) Parfois, je repartirais en France pour animer des conférences sur les semences paysannes.

— Ahaha, j'ai du mal à t'imaginer mais pourquoi pas...

— Et tu sais, j'ai de quoi vivre, voir venir. Je peux t'aider à te poser matériellement.

— Tu es gentil mais, non merci, je n'ai besoin de personne. Cependant, l'idée de vivre à deux à Anafi me séduit, c'est vrai. Tu imagines le quotidien ici pendant un an ?

— Oui, cela ne me fait pas peur à partir du moment où je suis avec toi.

— Pourquoi es-tu si sûre de nous ? Tu sais, je pense encore à mon ex parfois.

— Parce que je t'ai longtemps attendue, longtemps cherchée et que je t'ai trouvée.

— Mais moi, je ne suis pas vraiment libre dans ma tête, tu en as conscience ?

— Oui, tu t'accroches peut-être à un passé révolu. Tu essayeras peut-être même de reconquérir celui qui t'a humilié, rien que pour te prouver que tu obtiens ce que tu veux, que tu es maîtresse du jeu. Par orgueil, en fait. »

Elle tourna brusquement la tête vers lui.

« C'est vrai ce que tu dis, c'est juste. »

Elle l'embrassa.

« Tu aimes lorsque je parle ?

— Oui, j'aime beaucoup, j'aime ta voix aussi. »

Il se leva, débarrassa les tasses, alluma la radio pour mettre un peu de musique. Puis il se rassit à côté d'elle.

« Je sais tout ce que tu dis, reprit-elle. Mais qu'y puis-je ? Pour l'instant, j'aime ce qu'on se donne, je n'en désire pas plus. Tu me plais beaucoup. Au fait, ça te dit que je te montre une maison à vendre ?

— Oui, bien sûr, allons-y !

— Il paraît qu'elle est à 30 000 euros, mais elle est en très mauvais état, tu verras. »

Ils remontèrent un dédale de rues à l'ombre du soleil. Le sol était chaud par endroits. Il aimait marcher derrière elle, la regarder danser devant, de sa démarche de ballerine. Il appréciait la forme de ses pieds dans ses sandales. Ses hanches aussi. Qui sait, elle lui donnerait peut-être un jour un enfant.

« Voilà, c'est celle-là. »

Un édifice sans charme, rongé par l'humidité, érigé sur trois étages semblait tenir en équilibre dans le vide. Elle poussa le portillon du jardin en friche, avant de piétiner une herbe jaune et desséchée. Elle frappa d'un coup sec la porte d'entrée avec son pied. Ils pénétrèrent clandestinement dans cette maison abandonnée depuis longtemps.

« Viens, suis-moi, tu vas voir, il y a une très belle vue. »

Les vieilles planches vermoulues de l'escalier craquaient. Il admira encore ses jambes au passage.

« Regarde, il y a de quoi faire ! s'exclama-t-elle en s'appuyant sur la balustrade du balcon.

— Oui, effectivement, il y a de quoi faire, mais j'ai l'impression qu'il y a surtout tout à refaire.

— Oui, comme en amour », murmura-t-elle en souriant.

Puis son visage se referma. Elle parut songeuse.

« Y a trop de travail sur cette bicoque. Il faudrait faire tomber les murs et puis reconstruire par-dessus. »

Il la dévisagea alors quelques secondes sans rien dire, avant d'ajouter.

« Je pourrais acheter cette maison et vivre avec toi ici toute l'année. »

Elle éclata de rire.

« Tu es fou... Toi, ici ? »

Dans la cuisine, encore accrochées au mur, de vieilles casseroles reliées entre elles par d'immenses toiles d'araignée, rappelaient le destin pas si lointain des anciens propriétaires.

« C'était un restaurant, je crois, mais la maison est en vente depuis longtemps. »

Il la regarda fixement, comme pour commettre un sacrilège.

« Viens, dit-elle, il vaut mieux qu'on ne nous voie pas trop longtemps ici. »

Ils redescendirent les escaliers rapidement. Elle referma la porte derrière eux en la bloquant avec la même pierre. Ils marchèrent côte à côte, en silence. Elle prit sa main dans la sienne. Diane voulait vivre librement, et pourtant elle s'attachait à sa présence.

Chapitre 18

Ils ne savaient pas encore ce qu'ils vivaient. Tout pouvait s'arrêter sur un mot. S'aimaient-ils ? Avait-il été désiré avant ? Avait-il aimé tout court ? En attendant la réponse, une forme de bienveillance semblait s'imposer entre eux, naturelle. Leurs corps se rencontraient, se trouvaient parfois. La chambre leur offrait cette simplicité de la rencontre. L'un pouvait abandonner l'autre, sans qu'on sache très bien pourquoi. Et même le vieux lit en bois pouvait céder. Ils faisaient souvent l'amour sur cet autel de planches usées. Il venait. Elle l'attirait en elle. Ils s'arrimaient littéralement l'un à l'autre, avec cette idée d'être un peu l'autre. Elle se laissait ancrer. Elle aimait cette sensation. Elle fermait les yeux. Envahie. Elle pouvait jouir plusieurs fois. Il la regardait. Il observait son visage, ses yeux clos se rouvrir. Il restait là sans bouger. Pourquoi jouir ? Le bonheur c'était juste avant.

Il pressa sa main sur sa hanche, toujours dans l'idée d'être là, de la contenir à défaut de la tenir, sans l'empêcher de s'échapper.

« Tu sais, tu me fais beaucoup de bien, dit-il soudain, à voix basse. J'ai beaucoup souffert de cette rupture, de cette fille dont j'étais très amoureux moi aussi. J'ai mis longtemps à m'en remettre... Je sais aussi ce que tu vis, et je le respecte.

Mais si tu t'accroches à quelque chose de fini, tu ne fais pas le deuil. »

Antoine soupira. Diane enfonça plus encore son visage dans l'oreiller, comme pour disparaître. Il prit alors dans sa main une boucle de ses longs cheveux dorés, puis embrassa son cou, humant au passage l'odeur sucrée de sa peau. Il se répandit instantanément en elle longuement, glissant dans son histoire. Elle écarta un peu plus les jambes comme pour mieux le laisser s'écouler. Elle eut un orgasme simultané. Elle se leva, s'alluma une cigarette, et se rallongea à côté de lui.

« Toi aussi tu me fais du bien. J'aime cette manière naturelle de se trouver.

— Tu sais, c'est très étrange, mais quand on fait l'amour, j'ai l'impression qu'on le fait avec l'idée de donner la vie. Je sais cela peut paraître sentimental. Mais c'est très fort.

— Je comprends, je ressens aussi ce côté naturel entre nous mais j'espère que tu te retires à temps car je ne veux pas tomber enceinte.

— Oui, bien sûr. Mais à ce point ? Tu te sens trop jeune ?

— Non, je n'aime pas ce monde, ni celui de demain qui se profile. Je préfère vivre mon temps de vie sur terre sans entraîner qui que ce soit avec moi, tu comprends ?

— Et pourtant, on prend tous les risques, là.

— Peut-être. Mais sache que je ne veux pas d'enfant.

— Je n'ai pas dit que j'en voulais, mais cela peut arriver. Et puis, une fois de plus, on prend tous les risques, puisque nous ne nous protégeons pas.

— Peut-être, si c'est le cas je prendrai mes responsabilités.

— Et si cela nous arrivait, je pourrais peut-être prendre part à cette décision, non ?

— Je ne sais pas. Je ne veux pas d'enfant. Je trouve qu'il y en a assez dans le besoin sur cette planète. C'est aussi pour ça que je veux m'occuper d'eux à travers cette communauté. »

Antoine s'arrêta de parler. Il se retourna vers Diane, caressa doucement son visage. Il éteignit la lumière.

Chapitre 19

Anafi est une île de poche où toutes les routes mènent à une crique. Ils prirent ce jour-là le chemin de la plage de Katsouni. Ils appréciaient par-dessus tout le sentier escarpé à la sortie du village qui coupe à travers la colline pour plonger droit vers la mer. Il était l'objet de toutes sortes de rencontres, des lièvres qui détalent, mais principalement des troupeaux de chèvres qui traversaient devant eux. Ce chemin avait aussi le grand avantage d'offrir la mer tout le long, à portée de regard. En prenant cette direction, ils avaient un peu l'impression de quitter la civilisation. Bientôt, ils n'entendirent que les mouches voler autour d'eux, et de gros bourdons. Parfois, ramené par le vent, le moteur d'une voiture ou d'un scooter, très au loin, venait contrarier la quiétude ambiante. Leurs pieds glissaient de temps à autre sur la rocaille. Diane marchait devant lui.

« Que chantes-tu ? » lui demanda-t-il.

Elle se retourna avec le sourire et aussitôt lui traduisit les paroles :

Au paradis, j'ai marqué une île
Avec toi, le même, et une maison sur la mer

Avec grand lit et petite porte
J'ai jeté un écho
Pour regarder chaque matin quand je me réveille
Pour te voir passer à moitié dans l'eau
Et la moitié pour pleurer au paradis.

— Mais c'est un peu nous cela ?

— Oui, c'est nous, c'est ici. C'est une chanson d'Angélique Ionatos que j'aime beaucoup. Elle a vécu en France. Ici d'ailleurs, elle est moins connue que chez vous. Elle est considérée comme française, pourtant, son œuvre est complètement grecque. Elle cite les grands poètes, Kazantzakis et beaucoup d'autres, comme le grand Odysséas Elytis, Prix Nobel de littérature.

— Je ne le connais pas, qui est-il ?

— Il est l'auteur du grand poème Axion Esti, hymne à la Création qui exalte la lutte héroïque des Grecs contre les Turcs en faveur de la liberté. Elle s'en est beaucoup inspirée dans ses chansons. »

Elle reprit la marche de plus belle. Antoine récupéra par terre un morceau de bois. Il lui servirait de bâton pour avancer à son rythme. Car Diane ne marchait pas, elle sautillait. Il était toujours impressionné par sa grâce et sa vitesse. Un moment, ils s'arrêtèrent devant une petite maison abandonnée.

« C'était sans doute une maison de berger, dit Diane, en montrant l'enclos en mauvais état autour.

— Imagine-toi la vue de cet homme ou de cette famille... »

Devant eux, la colline s'inclinait subitement vers la mer, offrant un horizon vertigineux.

« Difficile d'imaginer la vie des hommes ici toute l'année. L'hiver on doit se sentir bien seul. On doit avoir envie de sauter. Tout est fait pour, le paysage est tellement beau, il suffit de prendre son élan. Et en même temps, quelle liberté », ajouta-t-elle avant de reprendre la route.

Ils continuèrent de marcher pendant plusieurs minutes, puis ils arrivèrent devant une ferme.

« Je connais le paysan qui vit ici, c'est un jeune type qui a étudié en Italie avant de revenir sur son île. Il fait de la permaculture, ce qui est assez original par ici. Tiens, regarde, il est là-bas dans son champ, viens, on va lui parler. »

Au loin, Antoine reconnut la silhouette d'un garçon qu'il avait déjà croisé dans le village. Un type à l'allure néo-hippie, dreadlocks, vêtements élimés. Diane lui fit un signe de la main. Le jeune homme regarda dans leur direction, les scruta de loin avant de répondre par un geste de bienvenue. En quelques enjambées, ils étaient à son niveau.

« *Kalimera* », leur dit-il. Il échangea quelques mots en grec avec Diane. Il le désigna du doigt.

« C'est mon ami, dit-elle en anglais.

— Ah vous êtes français, dit-il.

— Yes, répondit Antoine, *nobody's perfect...* »

La discussion s'engagea en anglais.

« Vous vous êtes perdus, sourit-il en leur tendant deux grappes de raisins. Vous devez avoir soif par cette chaleur. Il y a de l'eau fraîche, là dans le puits, si ça vous dit. Tenez, voici, c'est déjà les vendanges, chaque année on récupère le raisin plus tôt, c'est ça l'effet du réchauffement climatique. Et encore, l'année dernière tout avait gelé. Cette année il faut juste aller vite.

— Et vous êtes seul ? interrogea Antoine.

— Ahah, non, je vis avec ma copine ici, mais aujourd'hui elle est allée vendre le miel à Chora avec les enfants. Tu sais, on n'a pas beaucoup de raisin, c'est quasiment pour notre consommation personnelle. Enfin, on en vend un peu, surtout aux locaux. Les étrangers ne le trouvent pas très bon. Il rit. Moi je le trouve très bon, mon vin, et puis c'est 100% naturel, aucun sulfite.

— C'est pas trop dur de cultiver ici ? demanda Antoine.

— Ça va, on a encore un peu d'eau, même si la source

se tarit d'année en année. Ils ont construit un barrage au-dessus. Ces cons, ils ont détourné toute l'eau qui coulait des montagnes par ici pour arroser le village. Résultat, on galère un peu. On a pétitionné contre le barrage, ils n'ont rien voulu entendre. Il a bon dos le maire, à raconter qu'il lutte contre la désertification de l'île ! Tu parles ! Tout cela c'est pour rincer le tourisme. Il s'en fout des paysans. Ce qu'il veut, c'est faire plaisir aux trois ou quatre familles qui se sont enrichies avec leurs hôtels. Heureusement on a une petite source dans le coin. Ils le savent, ces cons… D'ici qu'ils nous la détournent aussi ! En attendant, elle nous permet d'irriguer notre jardin. Mais c'est chaud, on doit se battre.

— D'ailleurs on pourrait t'acheter quelques légumes, dit Diane. Tu as des concombres, tomates ?

— Bien sûr, j'ai tout cela, attendez-moi, je vais vous faire un petit panier. »

Il se retourna et prit la direction d'une grange en pierre un peu sur les hauteurs.

« C'est beau ici, un véritable jardin d'Éden, chuchota Antoine. Il fait bon, en plus, avec tous ces arbres.

— Oui, lui répondit-elle, c'est une petite oasis. Quand tu penses que ça fait à peine cinq ans qu'il est là. Avant, il y avait déjà une ferme tenue par un vieux, complètement à l'abandon. Le type utilisait des engrais, comme souvent dans sa génération. Théo est grec, il a même grandi sur cette île. Il a longtemps travaillé dans l'informatique à Athènes avant de se reconvertir et de revenir vivre ici. Avec ses économies, il a racheté cette ferme. Au début il a dû régénérer le sol. Ils se sont accrochés, avec Maria, pour rester ici. Je les admire. Lui est musicien, il joue très bien de la viole, et elle est une ancienne danseuse classique. Elle a beaucoup d'allure. En réalité, ce sont deux artistes.

— Théo il s'appelle ? Ça ne veut pas dire Dieu en grec ?

— Theos oui, bien vu. »

Le garçon réapparut, avec deux sacs en papier qu'il leur tendit.

« Voilà, vous avez de quoi manger. Je vous ai mis un peu de tout, tomates, laitue, concombre, des légumes de saison quoi, des œufs frais de ce matin, et puis du fromage de chèvre, de l'Anthotyros, ça remplace la feta et c'est bien d'ici. On le fait nous-mêmes, il paraît qu'il est pas mal, vous m'en direz des nouvelles. Ah j'oubliais, un petit pot de miel aussi. C'est important le sucre quand on marche.

— Oh c'est trop, merci Théo, fallait pas, on n'en demandait pas tant, combien on te doit ? interrogea Diane.

— Rien c'est cadeau.

— Arrête, on te doit quelque chose, renchérit Antoine, tu nous gâtes, là.

— Non, c'est bon, ça me fait plaisir, c'est pour ta copine, la jolie Diane, on l'aime bien ici. Tu es des nôtres. Et puis c'est rare les étrangers qui s'égarent par ici. On ne voit personne. Les touristes passent en bus juste au-dessus. Ils ne savent même pas qu'on existe. Pourtant on remplit en partie leurs assiettes. Les gens ne comprennent rien. Mais c'est pas grave, c'est comme ça. Allez, profitez, c'est une belle journée.

— Oh merci Théo, je ne sais pas comment te remercier.

— Une autre fois, passe quand tu veux, tu sais qu'Elena t'apprécie. »

Ils poursuivirent leur chemin, laissant derrière eux, la petite ferme. En haut de la colline, ils se retournèrent pour regarder le panorama.

« Il a un côté Jean de Florette, dit Antoine, en observant de loin le garçon pousser une brouette, comme un petit personnage de bande dessinée.

— T'inquiète pas, il n'est pas si naïf.

— Pourquoi tu dis ça ?

— Rien, j'ai eu une histoire avec lui l'an passé.

— Ah ? »

Ils passèrent la journée à la plage, puis ils rentrèrent en sens inverse. Ils traversèrent une fois de plus la ferme qui semblait alors inhabitée. Théo avait disparu. Tout était silencieux. Seule des poules déambulaient à l'air libre. Un chien qui sommeillait au pied d'un arbre se mit alors à aboyer. Il était déjà tard. La nuit tombait. Ils pressèrent le pas. Au village, en haut, les rires s'échappaient des restaurants, les cafés distillaient déjà la musique du soir.

Chapitre 20

Ils se retrouvèrent à la terrasse d'un restaurant, près du parking. Elle avait insisté pour lui présenter son ami. Vangelis, le visage brûlé par le soleil, de longs cheveux gris retenus dans un catogan, vivait en Inde la moitié de l'année. Il revenait chaque été à Anafi. Diane aimait marcher avec lui le soir. Elle appréciait son esprit libre. Antoine le dévisagea plusieurs minutes sans parler. Devant lui, l'homme avait un air inspiré. « J'écris des poèmes », précisa-t-il lorsque Antoine lui demanda ce qu'il faisait dans la vie. Au bout de plusieurs minutes d'un long monologue, Vangelis griffonna quelques vers en anglais sur la nappe en papier. Diane, légèrement en retrait d'abord, semblait les observer. Elle commanda une série de spécialités aux légumes.

« Vous ne voulez pas une brochette ? s'inquiéta Antoine.

— Pour moi, non merci, je suis vegan, précisa Vangelis.

— Ah, dans ce cas je vais me passer de viande pour ce soir, précisa avec un air de résignation Antoine, avant d'ajouter : Ce n'est pas trop dur d'être vegan en Grèce avec tous ces gyros, souvlaki ?

— Je dîne rarement à l'extérieur, d'abord pour une raison économique, ensuite parce que j'aime bien savoir ce que je mange. Ce soir, disons que je fais une exception pour être avec vous. Mais les restaurants sont chers ici, en plus.

— Pourtant, Anafi est quand même à l'abri du tourisme de masse. Ce ne sont pas les prix prohibitifs de Santorin. D'ailleurs, elle semble cachée derrière. Santorin lui sert presque de filtre à toutous, s'amusa-t-il.

— Pas tant que ça depuis que les voitures y sont tolérées, reprit Vangelis. Cette année, de nouvelles routes sont apparues et beaucoup de petits sentiers ont été asphaltés, avec de jolis petits parkings aux abords de Chora. Et le ronronnement incessant des moteurs. C'est triste car c'est peut-être l'un des derniers endroits encore pittoresques des Cyclades. Heureusement, il y a beaucoup de plages sauvages qui attirent la jeunesse grecque, souvent plus consciente et respectueuse que les hordes d'Allemands ou d'Anglais qui débarquent chaque année.

— Il y a quand même un peu moins de touristes que les années précédentes. Il a du bon ce virus !

— Si on veut, l'hôtellerie est devenue la principale source de revenus pour beaucoup de Grecs, ajouta Vangelis. Le maire d'Anafi a même appelé à voter pour la nouvelle loi censée renforcer l'activité touristique. Elle facilite la construction de complexes hôteliers, de centres sportifs, l'agrandissement des ports, ce qui n'augure rien de bon.

— On devrait s'organiser pour sauver Anafi du désastre à venir, dit soudain Diane. Et pour ce faire, il faudrait s'organiser collectivement…

— Oui, quand on voit ce qu'est devenu Santorin, ça fait peur, reprit Antoine. J'y étais dans les années 1990. À l'époque, les vieilles dames grecques venaient encore accueillir les touristes à l'arrivée du bateau pour les inviter à dormir chez elles. Aujourd'hui c'est Disneyland. Il n'y a plus rien d'authentique, l'île a été défigurée par les hôtels, les routes, les restaurants *fusion*. Le soir, sur les hauteurs, adieu le bouzouki, c'est *lounge* ou électro. C'est terrifiant comme un lieu peut se transformer en vingt ou trente ans. À cette vitesse, dans dix ans, Anafi ne sera plus qu'un faubourg de Santorin. Jacques Lacarrière écrivait, je crois, dans son livre *L'été grec*, que vous aviez "perdu beaucoup de votre âme en acceptant les devises".

— Oui, répondit Vangelis, et c'était il y a 60 ans, imagine tout ce qui s'est passé depuis. D'ailleurs cet écrivain français est très apprécié ici parce qu'il a su décrire l'âme grecque dans ce très beau livre. C'est drôle que tu le cites, pour ma part j'ai noté cette phrase. »

Vangelis récupéra un petit sac à dos posé sur le dossier de la chaise. Il commença à fouiller dedans.

« Tiens, le voilà, le bouquin. Je me balade toujours avec un exemplaire, c'est presque devenu ma bible. Attends, j'ai noté, c'est à la page 153 je crois. Là, la voilà. »

Il se mit à lire à voix haute, dans un français au fort accent grec :

"Les visions de l'Apocalypse ne donnent de cauchemar à personne. Deux fois par semaine, les bateaux de croisière déversent deux ou trois cents touristes qui se précipitent sur l'unique taxi de l'île ou les mulets qui les attendent pour monter vers la Chora. Puis après la visite de la grotte et du monastère, ils retournent au bateau où ils dînent et passent la soirée à danser". Il parlait de Patmos à l'époque, mais c'est comme si c'était Anafi aujourd'hui. C'est troublant, et malheureusement il n'y a pas grand chose à faire.

— Non, nous pouvons encore préserver l'île de ce fléau du tourisme de masse ! s'écria Antoine. Il y a des tas de propositions viables. Hydra où les voitures ont finalement été interdites est un bon exemple. On n'y croise plus que des ânes, le calme est revenu, l'ambiance y est familiale, pittoresque.

— Oui, résultat, c'est devenu l'île des milliardaires américains. Tout cela est très artificiel, déplora Vangelis.

— Certes, mais alors il n'y a rien à faire? Vous allez continuer de venir ici, de profiter de cet endroit les bras croisés jusqu'au pire?

— Non, Antoine, nous essayons à notre niveau d'améliorer les choses, de respecter l'île, rétorqua Diane sur un ton agacé. Après, oui, on peut tous agir, chacun à notre niveau, par des actions concrètes, locales, pour retarder le processus. D'ailleurs, c'est pour cette raison que je préfère dormir dans une tente. Quand je m'en vais, je ne laisse aucune trace. Je suis libre, je vis en harmonie avec la beauté du site et je n'enrichis pas l'hôtelier avide. »

Antoine se sentit visé par cette critique, à peine voilée ; gêné, il répondit maladroitement.

« C'est déjà beaucoup, oui... Et je suis admiratif. Mais lorsque tout aura été envahi, détruit, que feras-tu, tu dormiras sur ta plage ?

— Nous ne serons plus sur cette Terre », conclut sèchement Diane.

Antoine la regarda avec stupéfaction. Elle, d'habitude si utopiste, semblait résignée. Comme si rien, au fond, ne la touchait vraiment.

« Ce n'est pas toi qui veux sauver le monde? » provoqua-t-il avec une légère ironie.

Elle le dévisagea avec mépris avant d'échanger quelques mots en grec avec Vangelis. Antoine resta quelques instants à les contempler dans leur indifférence. L'atmosphère s'était alourdie soudain.

Il était exclu.

« Bien, je vais y aller, dit-il. Je comprends que vous ayez envie de discuter entre vous. Bonne soirée, à bientôt Vangelis.

— Oh non, reste, excuse-nous, insista ce dernier avec une gêne feinte. Dans tous les cas, c'est moi qui vous invite ce soir, si, si, j'insiste! »

Antoine accepta. La soirée ne lui appartenait plus.

« Je te retrouve plus tard », dit-elle.

Pour la première fois, Antoine se sentit rejeté par Diane. Ce garçon séducteur avait sans doute eu raison de cette première rencontre aux allures de combat de coqs.

Chapitre 21

« Nous allons faire une longue marche méditative », dit-elle avant de refermer la porte. Elle le regarda une dernière fois dans les yeux, un sourire forcé, avant d'ajouter, presque cruelle : « Il est possible que nous dormions sur place, ne t'inquiète pas ». Vangelis avait de toute évidence une influence sur Diane. Elle admirait peut-être son expérience, ses choix spirituels, son dénuement. Il aimait sûrement chez elle sa beauté, sa liberté. Et lentement, il était devenu son confident. Elle considérait sans doute sa maîtrise de lui-même, sa tolérance comme un gage de sérénité. Vangelis semblait détaché là où Antoine avait montré des signes de possessivité. Pour ce dernier, la journée s'était écoulée dans l'attente de son retour. L'après-midi, le vent s'était levé à nouveau. Lorsque la nuit tomba, il mit un pull, tourna la poignée et sortit pour marcher un peu. Quelques boutiques de souvenirs étaient encore ouvertes. Dans la rue, des femmes discutaient entre elles qui le dévisagèrent en le saluant d'un mouvement de tête rapide. Il était inquiet, Diane n'était toujours pas rentrée. Où était-elle ? Que faisait-elle avec lui ? Il fit le tour du village, en remontant vers le sommet de la colline. Il reconnut le ferry en bas avec ses ampoules multicolores et sa fumée opaque. Il était tard, mais on y voyait encore. Il s'assit sur un banc à côté du vieux château en ruines qui domine le village. C'est là qu'elle aimait se reposer l'après-midi à l'ombre du cyprès. À cet instant, il espérait la trouver étendue. Il l'imagina. À quoi pensait-elle dans ces après-midis ? Un chat vint se frotter contre lui. Une vieille dame qui remontait les marches, lui fit un petit signe de la main.

« *Kalispera* ! »

Le vent se mit à souffler plus fort encore. Des nuages passaient rapidement au-dessus de lui. Il se surprit à murmurer des « je t'aime ». Comme un enfant. Elle allait forcément les entendre. Elle ne pouvait pas être très loin. Elle était peut-être déjà rentrée à la maison. Elle préparait le dîner en se demandant elle aussi ce qu'il pouvait bien faire. Il pensa à tout ça avec nervosité. Il ferma les yeux. Leur rencontre était simple, si évidente. Mais une pensée insolite le contraria soudain. Pourquoi ne l'avait-elle pas appelé pour le rassurer, lui dire qu'elle arriverait avec un peu de retard, comme il avait fait la veille ? Récemment il avait eu l'impression de trop parler, de ne pas l'écouter. Comme s'il voulait attirer son attention. Comme s'il avait peur de l'entendre dire des choses, peut-être la vérité. Quelque chose le reliait à elle, même s'il ne savait pas encore quoi. Et si tout cela était illusoire ? Il entendit au loin un air de musique et quelques applaudissements. Il rentra rapidement. Il marchait de plus en plus vite. Il arriva devant la porte bleue. Il tourna la poignée. Elle était forcément là. Peut-être sur la terrasse, avec son pull bleu marine, ses seins nus dessous. Dans quelques secondes, elle allait se retourner avec son sourire. « Je t'attendais, tu en as mis du temps ». Elle serait peut-être jalouse. Et ils feraient l'amour, dans l'oubli des autres. Un silence pesant régnait dans la pièce. Le volet sur la mer était clos. Il ouvrit une bouteille de vin. Il but un verre, puis plusieurs. La mer était belle en bas. Le vent soufflait. Cela faisait comme des moutons d'infini dans la chanson de Ferré. Il se dit, qu'il s'était mis tout seul en position d'échec, en acceptant, malgré lui, cette relation libre imposée. Et si, malgré tous ces sentiments partagés, elle le quittait ? Il regarda son portable. Minuit.

Chapitre 22

Diane et Vangelis marchèrent plusieurs heures sur un chemin abrupt avant de rejoindre une petite église blanche au-dessus d'une falaise. Diane se sentait rassurée avec lui, au clair de lune, sur cette colline. Vangelis connaissait bien l'île, il avait l'habitude de dormir à la belle étoile. Ils déplièrent leurs sacs de couchage derrière un petit muret, à l'abri du vent, face à l'entrée de la chapelle. Il alluma quelques bougies et lui proposa de s'allonger près de lui. Ils parlèrent longtemps en tirant régulièrement sur le joint qu'il rallumait régulièrement.

« Si tu veux je vais te masser, lui dit-il. Tu as bien mérité un peu de détente après cette longue marche ! »

Elle accepta spontanément en se déshabillant presque entièrement. Vangelis connaissait déjà cette silhouette voluptueuse pour l'avoir maintes fois observée lorsqu'elle se baignait dans la mer le soir à demi-nue en compagnie de ses amies. Elle s'allongea naturellement sur le ventre, exposant ainsi la courbure de ses fesses. Il s'accroupit alors derrière elle et commença à lui masser le dos. Elle se laissa faire, consciente que la sensation de ses doigts sur son corps allait forcément ouvrir le champ à une forme de sensualité nouvelle entre eux. La brise du soir caressait sa peau. Les vagues se brisaient sur les rochers juste en bas. Le vent sifflait, telle une présence, comme si on les observait. Alors que Vangelis appuyait légèrement sur les points de tension, elle ferma les yeux. Il prenait lentement possession d'elle. Elle avait accepté de monter jusqu'ici, comme consciente du sacrifice à venir. Il continuait de masser doucement sa peau avec un peu d'huile, les épaules d'abord, le dos, là même où la douleur était aiguë. Parfois il s'arrêtait pour « libérer les énergies », disait-il. Grâce à ses connaissances en tantrisme, il avait appris à se rapprocher de l'autre, de son souffle, de son cœur. Elle était sur le point de s'endormir lorsqu'elle sentit son doigt se rapprocher de sa toison dans un geste qu'on aurait pu imaginer maladroit et qui, pourtant, elle le savait, ne l'était pas. Elle se sentit alors prisonnière de la volonté de cet homme. Il la massait désormais avec concupiscence. Soudain, elle se retourna sur le dos, lui offrant consciemment tout son être.

Chapitre 23

Ils se retrouvèrent au café, à la sortie du village. Devant eux, le bus s'arrêta, aspira deux touristes et repartit vers le port. Il aimait le regarder descendre au loin dans la vallée sur l'unique route asphaltée qui tortillait jusqu'à la mer. Puis il remontait lentement, dans son tonnerre de diesel, avec sa nouvelle cargaison de visiteurs. C'était comme une séquence de film. Il y avait tous les jours un début et une fin sur cette île. Des touristes arrivaient, d'autres s'en allaient, au rythme des bateaux, des étés, des années. C'était l'horloge de l'île. Il aimait ce café, un endroit fait pour les solitaires, avec ses livres en anglais triés sur une étagère à disposition de la clientèle. L'odeur du café aussi, les gâteaux grecs crémeux exposés dans un vieux réfrigérateur bruyant. Diane était là, assise au même endroit, au milieu de la pièce, face à une fenêtre ouverte sur l'horizon, elle l'attendait. Elle lui fit un sourire un peu forcé, avec un regard attendri. Il l'embrassa. Mais elle semblait nerveuse, inquiète.

« Tu veux un cappuccino, un croissant, c'est ça ? demanda-t-elle en souriant à nouveau.

— Ça va, juste un café crème, oui. Je n'ai pas très faim.

— Tu as tort, ils sont très bons, ici. Moi je vais me recommander quelque chose à manger. J'ai faim. »

Le serveur se rapprocha. Antoine aimait l'écouter parler dans sa langue avec cette voix douce. Il écoutait sa mélodie. Avec cette attirance admirative. Il observa Diane. Elle cachait quelque chose, il en était sûr. Elle se mit à parler longuement avec le serveur. Apparemment ils parlaient du temps. Elle riait. Pourquoi ? Elle lui parut distante. Le serveur, la quarantaine passée, l'air dépressif, semblait sympathique.

« Tu as tort de ne rien prendre à manger. Il m'a dit qu'ils venaient de faire une tarte aux amandes excellente. Je te ferai goûter.

— Je n'ai pas faim, je t'ai dit. Mais merci. »

Elle eut l'air un peu contrarié.

« Je reviens, je vais aux toilettes », dit-elle.

Elle portait un pantalon en toile léger qui lui allait bien. Il distinguait ses fesses dessous. Le serveur réapparut avec les tasses de café, une tranche de gâteau. Elle le rejoignit quelques minutes plus tard, avec le même sourire de circonstance.

« Hum la tarte a l'air bonne. Tu as passé une bonne soirée hier ? ajouta-t-elle.

— Oui très. J'ai bouquiné, j'étais tranquille, c'est bien aussi.

— Ah je suis ravie... Tu ne veux pas goûter à la tarte ? »

Il reposa sa tasse. La fixa en silence, froidement.

« Qu'est-ce qu'il y a ? J'ai dit une bêtise ?

— Non, rien. Rien. Tout va bien.

— Tu es bizarre aujourd'hui. Tu as l'air de mauvaise humeur. Tu promets que ça va ? Tu veux qu'on aille à la plage ?

— Ah oui, c'est une bonne idée. Pourquoi pas. On pourrait aller nager. J'aime bien nager avec toi.

— Oui, je vais voir si j'ai le temps car j'ai pas mal de choses à faire aujourd'hui. Mais je vais trouver. »

Elle l'embrassa. Il posa sa main dans son cou.

« C'était sympa toi hier soir ? » interrogea-t-il en la regardant fixement. Elle ne répondit rien. Elle sourit encore.

« Elle est vraiment excellente cette tarte. Tu devrais goûter. J'insiste.

— Pourquoi tu ne me réponds pas ?

— Mais... Que veux-tu savoir ?

— Bah, je ne comprends pas, hier tu n'as pas donné de nouvelles... Je t'attendais.

— Mais je t'avais dit que j'irais me promener avec Vangelis. Finalement on est allé marcher dans la montagne, jusqu'à cette église, là. Puis on a dormi là-bas.

— Vous avez dormi là-haut ?

— Oui et alors ?

— Non rien, j'étais un peu inquiet. Mais tout va bien. Tu as raison.

— Oui, surtout que je t'avais dit que sans doute, nous irions là-haut. Et sincèrement, là où on était, il n'y avait pas de connexion.

— Vous avez dormi l'un contre l'autre ?

— Oui, et ? Tu sais bien qu'on a une relation spéciale. Entre nous, c'est comme une connexion spirituelle. Rien de malsain.

— Ah oui. Sauvageonne, insoumise et fière, telle la déesse... »

Il fit tourner la cuillère dans sa tasse. En face de lui, Diane terminait son petit déjeuner.

Chapitre 24

La porte de la terrasse était légèrement entrouverte. Diane observait le soleil disparaître dans la mer au loin. Comme tous les soirs, elle aimait prendre le temps de le regarder fondre à la surface de l'horizon. Soudain, elle sentit quelque chose dans son dos. Elle reconnut aussitôt son souffle puis ses mains autour de sa taille. Antoine l'embrassa dans le cou. Elle aimait la sensation de ses lèvres sur sa peau.

« Je voudrais m'excuser, dit-elle.

— De quoi ?

— Tu sais bien, de t'avoir fait attendre, d'avoir provoqué tes peurs, peut-être ta jalousie.

— Oh ne t'inquiète pas, je suis un vieux singe, répondit seulement Antoine, en caressant ses épaules.

— Vieux singe, c'est drôle comme expression, sourit-elle.

— Oui, on dit souvent que : « Ce n'est pas à un vieux singe qu'on apprend à faire la grimace. »

Diane s'immobilisa quelques secondes avant de se retourner vers lui.

« Pourquoi tu dis ça ? Tu n'as pas confiance en moi ?

— Non, et d'ailleurs, je n'aurai sans doute jamais confiance en toi. Il y a une part de mystère chez toi, une zone d'ombre. Tu m'échappes. Je ne t'en veux pas, c'est ton caractère, ton âge peut-être, ton besoin d'être libre aussi. Je peux comprendre, du moment que tu ne fais pas de mal.

— Ça te gêne à ce point, cette liberté ?

— Hum, je ne suis surtout pas sûr d'être convaincu par cette liberté de couple à laquelle tu aspires. D'ailleurs, j'ai déjà tenté l'expérience avec cette fille dont je t'ai parlé, ça n'a pas marché, pire, c'est elle qui est devenue jalouse.

— Ne me parle pas d'elle, je n'aime pas les comparaisons.

— Oui tu as raison, bien sûr, n'empêche, j'ai l'impression que cet amour libre, c'est surtout un moyen de t'aimer toi-même.

— Peut-être, j'ai besoin de reprendre confiance, après ce qu'il m'est arrivé.

— Et donc tu en fais perdre aux autres, pour exister.

— C'est ton droit de penser ce que tu veux. Je ne t'oblige pas à être avec moi, Antoine. Je peux m'en aller si tu veux, ce soir. Je peux dormir dans ma tente. D'ailleurs c'est ce que je vais faire. Nous sommes fatigués, je n'aime pas cette discussion. »

Antoine posa nerveusement une main sur la joue de Diane.

« Ah ! ? C'est tout ce que tu trouves à dire... Tu es là, et c'est comme si j'étais seul. »

Elle repoussa sa main en s'écartant de lui.

« Tu me fais peur ce soir. Tu as bu ? Je crois que tu as trop d'attentes, Antoine...

— Attente de quoi ? Je me demande simplement si tout cela est sincère, c'est tout. Peut-être que j'ai besoin d'être rassuré, c'est trop te demander ?

— Et comment pourrais-je te rassurer davantage ? Je suis là, pas avec un autre.

— Hier tu étais avec un autre, et peut-être que demain tu seras encore avec un autre, et quand je serai parti, sans doute en auras-tu trouvé un autre. C'est ta manière de calmer ta douleur, cette blessure. »

Diane s'écarta d'un coup, reboutonna sa chemise, remit ses chaussures, enfila un pull. Elle le regarda fixement, avec un air dédaigneux. Pour la première fois, il perçut de la colère dans ses yeux.

« Tu me prends vraiment pour une pute. J'y vais, tu me saoules trop ce soir. »

Elle se dirigea vers la porte, l'ouvrit nerveusement. Il s'avança d'un pas pour la refermer violemment, en l'agrippant maladroitement par le bras.

« Non reste, excuse-moi.

— Trop tard Antoine, lâche-moi. Laisse-moi partir on verra demain. »

Antoine desserra l'étreinte. Diane ouvrit à nouveau la porte.

« S'il te plaît, ne m'appelle pas ce soir. »

La porte claqua. Antoine ouvrit une bouteille de vin, se servit un verre, s'assit sur la terrasse. Au loin, des mouettes faisaient leur danse du soir.

Chapitre 25

Ils ne s'étaient pas croisés depuis trois jours. Pour Antoine, c'était déjà beaucoup sur trois semaines de vacances. Un matin, elle frappa à la porte.

« C'est moi, ouvre ! »

Il fut réveillé brusquement, se leva, lui ouvrit, avant de replonger dans les draps. Diane se déshabilla dans la pénombre.

« Tu m'as manqué », chuchota-t-elle.

Puis elle se glissa dans le lit. Il sentit ses pieds froids, la douceur de sa peau contre ses jambes, ses deux seins plantés contre son torse. Ses mains couraient à présent sur son corps. Ils riaient nerveusement, comme deux enfants qui jouent. Elle l'embrassa fougueusement, se blottit contre lui. Ils firent l'amour. Cela dura plusieurs heures. Ils s'endormirent enlacés. Ce n'est qu'en début d'après-midi qu'ils se réveillèrent. La journée était déjà bien entamée. Ils décidèrent malgré tout de faire un tour, de voir le jour. Ils marchèrent longtemps dans la garrigue sans véritable but. Un moment, Antoine attrapa sa main, après qu'elle eut effleuré la sienne. Était-ce un hasard ou un signe involontaire de sa part ? Qui cherchait vraiment l'autre ? N'avaient-ils en commun qu'une puissante envie d'aimer ou d'être aimé ?

Après tout, l'amour n'était-il pas que cela, exister à travers l'autre ? Le principal, c'était d'être là avec elle, de profiter de cet instant de bonheur. Ce qui comptait c'était de la considérer, elle. Peu importait d'être aimé en retour. Diane avait cette force, celle d'aspirer à la discrétion, sans nul autre besoin de reconnaissance. Elle avançait dans la vie à bas bruit. Il n'y avait pas de faux rêves, aucune surabondance, aucun luxe. Elle croyait seulement « en l'harmonie des êtres, en la magie des rencontres », comme elle disait. Il se devait de respecter cela, sous peine de la perdre à jamais. Combien de temps ? Elle fuyait la violence de ceux qui anéantissent tout par leur impatience. Si elle l'aimait vraiment, elle finirait bien par le choisir, pas besoin de lui forcer la main. Antoine la regarda marcher devant lui. Sa démarche était lente, gracieuse, mais elle avait les deux pieds sur terre. Elle portait ce joli foulard qui lui allait si bien. Elle était désirable. Elle se retourna vers lui avec un sourire complice. Ses mèches bouclées dissimulaient une partie de son visage. Au bout d'une heure, ils rentrèrent à la maison, il s'allongea sur le lit. Diane posa sa veste sur une chaise, remplit une casserole d'eau, alluma le réchaud.

« Tu veux un peu de thé ? Je vais en faire là.

— Oui, pourquoi pas. C'est drôle, mon ex était pareil, précisa-t-il maladroitement. Elle faisait toujours du thé. Elle savait que j'avais horreur du thé. Et elle me demandait toujours si j'en voulais. En général, c'était aussi parce qu'elle avait la flemme de faire autre chose... Mais bon, après le thé, souvent, on faisait l'amour, c'est le côté excitant, la théine. »

Diane rit un peu, nerveusement. Elle s'alluma une cigarette.

« Ça te dérange si je fume là ?

— Non, vas-y, parce que c'est toi. J'aime bien ton haleine après. »

Elle fit un tour dehors sur la terrasse, puis revint, avec un petit sourire forcé.

« Tu me montres une photo d'elle ? », lui demanda-t-elle alors.

— De mon ex ?

— Oui, celle dont tu m'as parlé. »

Sa curiosité ne lui déplut pas. Il ouvrit son écran d'ordinateur, cliqua dans un dossier intitulé : Elle.

« Tiens, regarde, tu veux la voir ? Je te préviens elle est... Enfin les gens s'arrêtaient souvent dans la rue pour lui dire : « Madame, qu'est-ce que vous êtes belle ». Tiens, regarde, j'avais fait ces photos d'elle en Colombie. Elle posait souvent nue, sculpturale.

— Oh oui, effectivement, elle est très, très belle...

Le regard de Diane resta figé sur l'un des clichés. Elle ajouta : Presque trop.

— Ah oui c'en était troublant, j'étais très jaloux.

— Ah ? Je vois. C'est ça. »

Antoine se leva d'un bond pour la prendre dans ses bras.

« Mais toi, tu es bien plus belle. C'est toi que j'aime. »

Elle le repoussa, l'air songeur.

« Non laisse-moi. Je m'en fous de tes ex. Qu'est-ce que tu as à vouloir me la montrer ?

— Rien, tu voulais la voir. Que se passe-t-il ?

— Rien, j'aime pas les trophées ! »

Elle déambula nue dans la chambre, comme déjà dans un autre monde. Et soudain il se sentit absent du décor. Elle aurait pu être là, sans lui, c'était pareil.

Chapitre 26

Ils avaient espacé leurs rencontres. Diane était repartie quelque temps dormir sur la plage. C'est elle qui avait imposé cette distance. Antoine angoissait moins. Il était rassuré par son amour. Il préférait ne pas savoir. Un matin, Diane apparut à nouveau. Elle rayonnait dans un jean moulant quand il l'aperçut. Elle s'assit à côté de lui.

« Elle est extraordinaire, lui dit-elle seulement. Tous les mecs la regardent, tous les hommes voudraient l'avoir dans leur lit », précisa-t-elle comme pour dire « toi aussi ».

Antoine regarda sa tasse. Il y fit tourner doucement sa cuillère.

« Qui ?

— Cette fille que j'ai revue avant-hier. Tu sais, Amelia, dont je t'ai parlé, l'Allemande qui donne des cours de yoga...

— Ah oui...

— On a passé la soirée ensemble, elle était très sexy, elle portait un t-shirt qui moulait ses deux jolis seins, je suis sûr que tu aurais aimé.

— À ce point ?

— Oui, j'aime la regarder, elle irradie littéralement, elle a une espèce d'aura qui ne laisse personne indifférent. Elle a un succès fou cette fille.

— Toi aussi, on te regarde.

— Non, moi ce n'est pas pareil. Je plais surtout aux vieux. Amelia attire tous les hommes, quel que soit leur âge. Mais elle s'en fout. C'est ça que j'aime. Elle ne prête aucune importance à son pouvoir de séduction naturel. Ça rend fou les mecs, ça. On s'est revu au nord de l'île, sur la plage difficile d'accès de Livoskopos. Il y avait une ambiance un peu dingue car nous étions une trentaine de garçons et de filles réunis sur cette crique. Nous nous sommes baignées entre filles, nues, au bout de la crique. Tu aurais aimé nous regarder. Puis nous avons passé la soirée à boire sur la plage, chanter et danser. C'était vraiment festif et bon enfant. Il y avait là des cracheurs de feu, des jongleurs, tout un tas de gens créatifs. C'était organisé par le collectif « Save the earth ». Il faisait un peu froid car le vent s'était levé, mais l'ambiance était chaleureuse. On a passé la journée à récupérer les sacs en plastique sur les plages alentours. On a bien travaillé et le soir on s'est retrouvé autour d'un grand feu de joie. C'était vraiment sympa, très jeune, tu te serais peut-être emmerdé. Avec Amelia, on ne se quittait pas, comme si on était solidaire l'une de l'autre. Pourtant, beaucoup de mecs tentaient leur chance, surtout avec elle. Pour ma part, je me suis faite draguer par un jeune étudiant en philo un peu lourd, très mignon, qui n'arrêtait pas de me parler « d'amour sans sexe », et de « sexe sans amour ». J'avais beaucoup bu et fumé et j'avais du mal à le suivre. Mais je voyais bien qu'il voulait m'entraîner ailleurs lui aussi. Il a essayé de m'embrasser, je l'ai repoussé. En fait, c'était une soirée délirante, décousue, improvisée quoi. Et soudain j'ai vu des couples se former un peu partout. Des corps entrelacés autour de nous. On riait beaucoup avec Amelia. Nous étions assises à côté du feu à fumer des pétards avec d'autres mecs. Il y avait parmi eux de très beaux garçons et j'avais envie de me laisser aller, mais Amelia était près de moi, qui captait davantage mon attention. Je me sentais presque obligée de la protéger. Et puis je pensais à toi. Tu me manquais. Tu m'obsédais un peu. J'avais envie d'être avec toi, je crois, à ce moment-là. Je crois que j'aurais aimé regarder ces gens avec toi. Comme il était trop tard pour rentrer au village, on a décidé de rester dormir sur place. Heureusement on avait apporté nos sacs de couchage au cas où. On a trouvé un coin à l'écart. On a disposé des bougies par terre. J'ai déroulé mon tapis de sol. Je me suis retournée et j'ai vu Amelia se déshabiller entièrement. J'ai été éblouie par sa nudité. Des courbes généreuses, une silhouette parfaite. Elle s'est allongée sur son sac. Je me suis déshabillée à mon tour et c'est là que j'ai vu son regard sur moi. Ce n'était pas juste un coup d'œil, elle me dévisageait. Elle a dit : « Tu as un très joli corps, il est plus original que le mien ». Ça m'a rappelé ce que tu disais. Cela m'a même troublé. J'ai vu ses yeux sur moi. Elle a redit : « Tu es belle à regarder ». Je l'ai écoutée en silence et j'ai souri. J'étais heureuse d'exister dans ses yeux. Elle s'est rapprochée de moi et on s'est embrassé naturellement, de manière très sensuelle. J'ai aussitôt aimé le contact de ses lèvres sur les miennes. Elle s'est mise à caresser légèrement le bout de mes seins. J'ai compris qu'elle avait l'habitude. Ses gestes étaient précis. J'ai tout de suite aimé cette sensation. Ça a duré quelques secondes. C'était très rapide. Et soudain dans la pénombre, j'ai vu un type s'asseoir à côté de nous. Il était beau, jeune, musclé. Il fumait un joint qu'il rallumait régulièrement avec un briquet. C'était comme dans un film. Amelia s'est mise à l'embrasser, en continuant de m'explorer avec ses doigts. J'ai regardé la lune. On entendait le bruit des vagues, tout près sur la plage. J'ai tiré sur le pétard. J'ai fermé les yeux. Je t'ai vu, et me suis endormie presque aussitôt. Quand je me suis réveillée, Amelia dormait contre le type. Ils avaient peut-être fait l'amour. Alors j'ai enfilé mon pull en laine beige que tu aimes bien, celui assez long sur moi. J'ai croisé le regard d'Amelia qui m'a souri. Et je me suis allongée plus près d'elle. On s'est serré tous les trois. Le type a posé son bras sur nous, comme pour nous préserver du froid. C'était magique.

— Hum, je vois qu'il se passe des choses à Anafi. »

Diane se mit à rire nerveusement, d'un rire d'enfant, un peu forcé. Antoine la fixa longuement avant d'ajouter.

« Tu comptes revenir dormir à la maison bientôt ?

— T'inquiète pas, je viens ce soir et les prochains jours, tu m'as manqué. J'aime bien notre petit nid. Je suis heureuse de te voir. »

Chapitre 27

Diane était revenue vivre avec lui. Mais ils se croisaient encore. Elle rentrait de plus en plus tard le soir. Elle perdait souvent du temps à fermer le bar. Il savait qu'elle allait prendre quelques verres parfois avec des inconnus. Elle lui avait bien dit que certains lui faisaient des avances. « Ils ne m'intéressent pas », lui avait-elle dit. Pourquoi ? Pour le rassurer ou pour le maintenir dans un état de dépendance, de vigilance inquiète ? Antoine ne voulait pas se laisser dépasser par un sentiment de jalousie. Il voulait la laisser libre. Mais l'attendre dans la chambre était redevenu une habitude parfois cruelle. Ce jour-là il ne put s'endormir. Il ressentait plus que jamais un besoin vital d'elle, la peur de la perdre aussi. Elle était si différente depuis quelque temps. Pour se calmer, il repensa à son joli regard. À ses yeux doux quand elle l'observait dans la mer. Plus elle était naturelle, plus il la désirait. L'heure était à l'égalité des sentiments, à la reconquête même. Ne plus aimer trop, aveuglément. Aimer autant, ou peut-être moins. Ne plus souffrir.

Dans la nuit, il l'entendit rentrer. Elle fit grincer la porte, heurta une chaise. Dans la pénombre, il la regarda se déshabiller. Ses gestes maladroits attestaient qu'elle avait un peu trop bu. Elle ouvrit la fenêtre pour laisser entrer un peu d'air. Il faisait chaud. Elle se blottit contre lui. Elle l'embrassa. Il respira malgré lui des effluves d'alcool et de cigarettes. Au réveil, le soleil irradiait la pièce. Le volet était resté ouvert. Il se leva pour le refermer. Il regarda l'horizon. Il aimait particulièrement l'annonce du matin, et cette île ronde en face, mystérieuse, comme un autre soleil sur l'eau. Les maisons blanches juste en dessous dégringolaient vers la mer tel un escalier vertigineux vers l'abîme. Il se recoucha en la serrant contre lui.

Chapitre 28

« C'est fini, hier c'était mon dernier jour au bar, dit-elle en se réveillant. Désormais, nous aurons toutes nos soirées ensemble...

— Ah c'est pour ça que tu es rentrée tard ! répondit instinctivement Antoine. J'avais complètement oublié que tu arrêtais hier.

— Oui, on a fêté la fermeture avec Dimitri et quelques amis. C'était assez sympa, on est allé danser après à la boîte, là, tu sais, celle du moulin. J'étais complètement pétée, c'était sympa. Je te raconte pas comme je me suis faite brancher ! Mais je t'avoue, je suis contente d'arrêter ce boulot et de pouvoir profiter enfin pleinement de ces derniers jours avec toi à Anafi. »

Diane et Antoine passèrent la journée au lit. En fin d'après-midi ils descendirent se baigner au port. Le soir Diane prépara le repas. Ils dînèrent sur la terrasse avant de se recoucher. Elle s'endormit rapidement, profondément. Il était tard, et il n'arrivait pas à fermer les yeux. Antoine avait envie d'elle. Il releva discrètement le drap pour regarder son corps. Il aimait son dos, presque trop petit, ses épaules rondes, qui la rendaient imparfaite, humaine. Ses longs cheveux épais, ses deux seins presque trop pointus, ses cuisses fermes contredisant son sexe fin. Il aimait ses pieds abimés aussi. Il l'observa plusieurs minutes. Elle ne savait pas encore ce qu'était la solitude.

Il savait que tout est fragile, que tout s'arrête. Le bonheur surtout. Il voulait profiter seul de cet instant à deux. À quoi rêvait-elle ? Il posa une main sur son sein. Elle sursauta. Puis elle se rapprocha de lui. Elle avait pris cette habitude de toujours aller chercher sa virilité et prenait du plaisir, comme lui, à ressentir le désir de l'autre. « J'aime ton sexe », murmura-t-elle tout bas, avant de venir sur lui.

Parfois, Diane ne l'utilisait que pour son plaisir. Elle lui imposait doucement ce désir-là, faute de pouvoir répondre à sa demande d'amour. Et par peur de la perdre, par paresse aussi, il acceptait ses conditions. Qu'importe si elle voulait prendre le pouvoir puisqu'il l'aimait. Elle jouit rapidement, se retira en se retournant de l'autre côté. Frustré, Antoine n'avait pas sommeil. Il alluma la lampe de chevet à côté de lui, récupéra son livre sur le sol. Elle se retourna vers lui.

« Tu vas lire ?

— Oui, ça te gêne ?

— Non, tu lis quoi ?

— Rien. Un roman.

— Tu veux me lire un peu ? J'aime bien t'écouter, ça va m'endormir. Je ne sais pas pourquoi j'y arrive pas.

— Moi non plus. »

Antoine se mit à lire tout bas. « J'avais tiré cette conclusion que les hommes qui trempaient le plus dans la vie, qui la moulaient, qui étaient la vie même, mangeaient peu, dormaient peu, ne possédaient que peu de biens, s'ils en avaient. Ils n'entretenaient pas d'illusions en matière de devoir, de procréation, aux fins limitées de perpétuer la famille ou de défendre l'État. Ce qui les intéressait, c'était la vérité, rien que la vérité. Ils n'accordaient de valeur qu'à une forme d'activité : créer ».

Au bout de quelques minutes, Diane ferma les yeux.

« C'est tellement cela », murmura-t-elle, presque dans son rêve. Il se mit à caresser ses cheveux. Il l'écouta sombrer dans un profond sommeil. Puis il éteignit la lumière.

Chapitre 29

Plus Antoine s'attachait à Diane et plus elle donnait l'impression de vouloir s'éloigner de lui. Prétextant qu'elle se laissait de plus en plus « guider par ses émotions », elle ne lui cachait pas son besoin d'aventures. Pire, elle le mettait devant le fait accompli. Elle voulait plaire, exister. Un soir, alors qu'ils étaient invités chez l'ancien maire qui possédait une villa cossue en contre bas du village, une sorte de nid d'aigle au-dessus de la mer, Antoine ne put que constater son immense capacité à attirer les regards. Diane, sobrement habillée, portait juste ce foulard rouge autour des épaules qui rendait plus vives encore ses pommettes saillantes. Autour du cou, un collier discret qu'il avait choisi pour elle. Et lorsqu'ils entrèrent, tous les hommes la regardèrent. Le plus vieux d'entre eux se rapprocha aussitôt d'elle et l'accueillit d'un baisemain maladroit. La fête semblait un peu précieuse, des couples dansaient péniblement au rythme des valses de Chopin provenant d'un vinyle crépitant. Le propriétaire, un ancien militaire aux cheveux plaqués en arrière, physique sec, avait une certaine allure. À soixante-dix ans passés, il avait conservé l'élégance des gens d'apparence bien éduqués. Ses doigts fins auraient pu être ceux d'un pianiste. On murmurait qu'ils avaient servi à torturer, à l'époque de la dictature, lorsque les prisonniers politiques étaient exilés à Anafi... Antoine savait qu'elle le connaissait depuis longtemps pour s'être entretenue avec lui, à l'époque où elle avait participé à la rédaction d'un livre sur l'histoire de l'île. Il avait lui-même eu la responsabilité du bagne juste en dessous. Diane ne l'aimait pas mais elle le respectait pour sa fidélité à ses convictions. Elle trouvait chez lui une forme de courage aussi. Il était peut-être le seul homme de droite à trouver grâce à ses yeux, malgré cette rigidité apparente, cette dureté même, notamment dans la façon de nier son épouse vieillissante à côté de lui. Il s'en aperçut au premier coup d'œil. Il était beau certes, le cheveu noir crépu, lissé en arrière, tel Jeremy Irons dans *La Maison aux esprits.* Un air de mâle dominant. L'avait-il séduite ? Il y avait beaucoup de jolies jeunes femmes autour de lui et, pour passer le temps, Antoine s'intéressa à l'une d'entre elles. Il était en pleine discussion lorsque Diane se rapprocha, une coupe de champagne à la main. Et, peut-être pour marquer son territoire, elle l'embrassa. Tout le monde savait désormais qu'ils étaient ensemble, même ces jeunes garçons autour d'elle. La soirée était étrange, prétentieuse et simple, multigénérationnelle. Tout le village s'y était donné rendez-vous, pour profiter surtout de la générosité de « Monsieur le Maire ». À force de boire, Antoine finit par la perdre de vue ,et la notion du temps avec. Soudain, en finissant son verre, l'angoisse rejaillit. Diane n'était plus là. Et, plus inquiétant, à ses yeux, l'homme vieillissant avait lui aussi disparu. Il se mit alors en quête de la retrouver, passant et repassant d'une pièce à l'autre. Où était-elle ? « Vous n'avez pas vu Diane ? » « Non ? ». Antoine ne connaissait pas la maison, mais il décida instinctivement de monter à l'étage, il ouvrit les unes après les autres chaque porte du couloir. À la dernière, il tomba nez à nez avec le vieil homme.

« Oui, plaît-il ? Vous avez perdu quelque chose ? Vous êtes ici chez moi ! »

Le vieux colonel à la retraite le toisa du regard.

« Je cherche Diane, vous ne l'avez pas vue par hasard ?

— Elle vous cherchait, elle est partie il y a quelques minutes, je crois. »

Chapitre 30

Diane était déjà rentrée. Il la retrouva assoupie dans le lit. Il alluma la lumière volontairement. Elle se réveilla.

« Quoi ? Éteins, s'il te plaît. »

Il s'assit en titubant sur une chaise en face du lit.

« Pourquoi t'es rentrée sans prévenir ? J'ai fait quelque chose de mal ?

— Ah s'il te plaît, commence pas, tu as bu. Rejoins-moi, arrête.

— Non, mais je trouve ça dingue que tu disparaisses comme ça. Tu pouvais me dire quelque chose. Je t'ai cherché comme un con. J'étais inquiet.

— Viens je te dis, rejoins-moi, il fait froid. »

Il la regarda quelques secondes avec un air désespéré. Puis, il se leva, baissa l'interrupteur, se déshabilla, avant de la rejoindre sous les draps.

« Que nous arrive-t-il ? » dit-il tout bas.

Son regard de myope explora quelques secondes son visage dans la pénombre, fouillant peut-être dans ses yeux une réponse.

« Je ne sais pas. Tout ceci est étrange, oui, à quoi penses-tu en particulier ? »

Elle se retourna sur le côté. Ses yeux se fermèrent

instinctivement. Antoine caressa son visage. Quand elle rouvrit les yeux. Il sentit une larme couler sur sa joue.

« Que se passe-t-il ? Je ne comprends pas, qu'est-ce qui te rend triste ?

— Rien, s'il te plaît, laisse-moi dormir.

— On dirait que tu as peur de ce qu'on vit. »

Diane resta muette. Il la serra dans ses bras, l'embrassa. Elle le repoussa.

« Laisse-moi s'il te plaît.

— Excuse-moi. Tu as l'impression que tes sentiments pour moi trahissent ceux que tu conserves encore pour l'autre ? »

Elle eut eu un moment d'hésitation avant de répondre et de confirmer ce qu'il pressentait.

« Oui, peut-être. Enfin, tu sais que ce n'est pas vraiment fini avec lui.

— Ah, non, je ne savais pas. Je pensais que vous vous étiez quittés...

— Non, enfin... On est sur le point de se quitter. Ce n'est pas tout à fait pareil.

— Ah oui. Et si tes sentiments pour l'autre t'empêchaient de développer ceux que tu as pour moi ?

— Oui, c'était cela. »

« Oui, c'est cela », se dit-il tout bas à lui-même. « Alors mets un terme à cette relation ! »

Diane ralluma la lampe de chevet. Elle enfila son jean. Antoine aimait la regarder boutonner son pantalon sur sa peau bronzée. Elle se couvrit le haut du corps d'une chemise à lui, un peu longue, enroula son foulard autour du cou, s'alluma une cigarette avant de se retourner, le regard bienveillant.

« Oui, tu as raison, je vais y mettre un terme. » Il la vit disparaître sur la terrasse, la clope au bec. Par la fenêtre entrouverte, il pouvait observer son mégot incandescent rougir à chaque bouffées. Il se mit à lire, puis s'endormit.

C'est alors, qu'il entendit la poignée grincer à nouveau. Il reconnut aussitôt sa silhouette. Elle se déshabilla dans la pénombre, sans faire de bruit.

« Que c'est beau », murmura-t-il. Elle le rejoignit sous les draps en se serrant contre lui.

« Tu as les pieds froids, pourquoi les femmes ont souvent les pieds froids ?

— Oh tu sais, ma copine Amelia dont je t'ai parlé, a les pieds chauds, je te la présenterai. »

Elle se pencha hors du lit pour éteindre la lampe.

Chapitre 31

Ils avaient passé la journée à la plage. La chaleur écrasante d'Anafi avait temporairement détendu l'atmosphère entre eux, même s'ils étaient un peu plus distants. Ils n'avaient pas fait l'amour depuis plusieurs jours. Ils vivaient déjà les péripéties du couple. Antoine n'y accordait guère d'importance. La fin de l'été, leur séparation à venir leur pesaient peut-être. Après le dîner sur la terrasse, il surprit Diane à tapoter sur son téléphone.

« C'est Marceline, lui dit-elle, en levant la tête vers lui, elle arrive demain.

— Quel drôle de prénom, répondit-il instinctivement. Qui est cette fille ?

— C'est mon amie française, une copine d'Athènes. Elle doit rejoindre Anafi sur le bateau à voile d'un pote à elle. »

Diane se remit à tapoter, tandis qu'il s'assit à côté d'elle, deux verres de vin blanc frais à la main.

« Non merci, j'ai pas envie de boire.

— Ah ok, excuse-moi. Tant pis, je le boirai.

— Elle est drôle, elle me dit : "Demain, je t'apporte des kakis et du kombucha", elle sait que j'adore ça. »

« Marceline quel drôle de prénom », se dit-il à lui-même.

Il venait d'apparaître comme ça, d'un seul coup, dans la bouche de Diane.

« Elle arrive demain », lui redit-elle en ajoutant, « ça t'ennuie si elle dort chez nous ? Son pote restera sur son bateau a priori. Et puis on va faire de la voile ! »

Diane lui parla de cette fille toute la soirée. Elle ne lui connaissait pas de petit copain. A priori elle n'était pas en couple avec ce type. En tout cas, Diane ne le connaissait pas. « Sans doute une nouvelle rencontre à la Marceline », dit-elle en souriant. L'été apportait son lot d'ivresse.

« Elle vit à Athènes depuis un an, elle a monté une petite entreprise d'import-export de produits alimentaires bio made in France ; de la charcuterie, des gâteaux, du vin, dans le quartier alternatif d'Exarchia. »

« Cela marche du feu de dieu », précisa Diane en utilisant cette expression qui ne lui ressemblait pas.

Antoine était déjà curieux de rencontrer cette « amie ». Il ne connaissait que très peu l'entourage de Diane en dehors d'Anafi.

Ils se mirent au lit assez rapidement. Antoine se rapprocha d'elle aussitôt. Il parcourut habilement son corps, cherchant à provoquer son désir, mais Diane repoussa sa main.

« Je vais avoir mes règles, c'est pas le moment. »

Antoine éteignit la lumière. Diane se tourna sur le côté. Il mit du temps à s'endormir. Il l'écouta respirer de plus en plus fort. Elle dormait.

Chapitre 32

Au réveil, Diane était de particulièrement bonne humeur. De loin, sur le port, ils regardèrent se rapprocher lentement un petit point à l'horizon. Dès leur arrivée sous les vivats de Diane, il dut reconnaître que Matthieu avait une certaine allure. Torse nu, la main contre le mât, le menton un peu en l'air, une quarantaine d'années à peine, il observait fièrement l'entrée de son voilier dans la petite cale d'Anafi, avec une certaine classe à la Henry de Monfreid. Le bateau frappa contre la jetée et Marceline sauta aussitôt sur le quai pour enrouler le bout autour de la borne. Diane s'avança précipitamment vers son amie. Elles s'enlacèrent longuement. Diane si pudique, si distante avec lui, semblait tout à coup une autre femme. « Tiens, je te présente Mar », dit-elle, en se retournant, « Mar, Antoine ». Le garçon sauta à son tour sur le quai : « Et moi c'est Matthieu, dit-il en souriant. Putain quelles journées, pas un pète de vent, on a mis le moteur depuis Santorin ». Au passage, Antoine surprit le regard furtif de Diane sur cet homme. Ils déjeunèrent dans la taverne du port. Ils prirent plusieurs pichets de vin blanc, une salade grecque et une assiette de rougets. À son grand étonnement, Marceline semblait légèrement boute-en-train, masculine aussi. Elle tapait régulièrement du poing sur la table, à en renverser les verres et les bouteilles. En cherchant sa serviette, il aperçut ses doigts de pied au vernis rouge écrasés dans des sandales roses un peu vulgaires. En face de lui, Matthieu semblait plus discret, plus élégant surtout, avec son short beige, son pull gris en v. Son air un peu bougon n'était pas sans lui rappeler le sien. Quand il parlait, avec une certaine préciosité, c'était toujours pour se plaindre de quelque chose qui n'allait pas, souvent de politique. Pendant que les deux amies semblaient hypnotisées par leurs confessions réciproques, les deux garçons échangèrent autour de la mer, des Cyclades, de la vie et des ruptures amoureuses. Matthieu était un écorché, un orphelin des sentiments. De temps à autre, Diane semblait tendre l'oreille. Elle caressait parfois son bras affectueusement, comme pour lui dire « Je suis là ». Marceline accaparait Diane. Antoine était rassuré par la nature conviviale et décontractée du déjeuner. Et puis Matthieu semblait totalement indifférent au charme de Diane. À la fin du repas, la discussion dérapa sur la politique du président français, « ultralibérale » selon Marceline. Matthieu défendait un autre point de vue. Il ne l'était pas assez, selon lui : « l'État n'a jamais été aussi protecteur socialement ». Diane ne disait rien, elle avait repris son air observateur qu'il connaissait bien. Les rares tentatives d'Antoine pour exprimer une opinion étaient aussitôt contrecarrées par Marceline qui semblait avoir réponse à tout. Après le café, Matthieu décida d'aller faire une sieste dans son bateau. Ils prirent tous les trois le chemin de la plage. Ils se baignèrent, nagèrent longuement au large, avant de revenir s'allonger sur le sable. Plus tard, ils remontèrent à pied le chemin des dalles qui serpente vers le village.

« Enfin, je découvre ton île, c'est vrai que ça a l'air top ici ! En plus, j'ai déjà croisé quelques beaux Rastas. Tu avais raison, l'ambiance est cool ici.

— Oui, faut dire que c'est un peu la plage d'Exarchia ici, tu devrais croiser du monde, dit-il avec une pointe de provocation.

— Et toi Antoine, tu connais Anafi grâce à Diane aussi ?

— Euh non, c'est la troisième fois que je viens ici.

— Tu sais, on vient de se connaître avec Antoine, précisa Diane.

— Tu fais quoi ?

— Je suis chasseur de têtes. Eh oui, rien de très excitant, précisa-t-il. Et toi, Diane m'a dit que tu avais monté ta propre boîte de produits bio français ?

— *Yes*, et ça marche du feu de dieu ! D'ailleurs, je vous ai rapporté un saucisson d'Auvergne à tomber. Je ne sais pas si tu manges de la viande. Sinon, je vous ai rapporté aussi une confiture de mûres version « Grandma », vous m'en direz des nouvelles. Et puis, ta-ta-ta, du pif ! »

Elle sortit de son sac une bouteille de vin rouge à l'étiquette criarde. « C'est un jeune pote vigneron près de Chinon, qui fait peut-être l'un des meilleurs vins de Loire et de France. Il travaille super bien !

— Tu nous gâtes, sourit Diane, fallait pas. »

Ils arrivèrent en haut du village. Il les abandonna sur la place principale afin de les laisser seules. Il les regarda remonter les ruelles blanches dans un fou rire puis disparaître sur les hauteurs. Il tourna la clef dans la porte, entra dans la pièce vide, sortit la table et une chaise sur la terrasse tandis que le soleil se couchait. Il dîna seul. Un peu plus tard il reçut un message de Diane qui disait seulement « Ne nous attends pas, je pense à toi ». Il se mit au lit assez rapidement, lut un peu mais au moment de fermer l'œil, la porte s'ouvrit violemment : « C'est nous ! » crièrent-elles en chœur, visiblement éméchées.

« Bah alors, tu dors, Ante ? » lui adressa Marceline en allumant la lumière, sous le rire complice de Diane.

« Oh, s'il vous plaît, j'suis claqué. »

Diane ferma l'interrupteur. « T'es pas drôle, dit-elle au passage. Tant pis pour toi, on va dormir sur la terrasse », lui murmura-t-elle.

Il la regarda, interloqué, prendre des coussins sur le lit et son sac de couchage.

« T'es sérieuse, vous allez dormir dehors ?

— Bah oui, c'est quoi le problème ?

— Ah non, il y a aucun problème. Aucun problème. N'importe quoi, allez bonne nuit ! lui répondit-il sèchement.

— Et Matthieu, vous en avez fait quoi ?

— On l'a croisé tout à l'heure par hasard, on a bu un verre avec lui, il vient de nous quitter. »

Antoine se retourna subitement vers Diane, avec un regard mauvais dans la pénombre. « Allez bonne nuit », redit-il. Il les écouta rire longtemps sur la terrasse, en buvant le reste de Tsipouro frais qu'il avait mis de côté au frigo.

« Vous pouvez parler un tout petit peu moins fort s'il vous plaît, les supplia-t-il tard dans la nuit.

— Oui Ante, excuse-moi, c'est de ma faute », répondit Marceline.

Chapitre 33

Antoine se réveilla le premier. Il regarda sa montre et sauta du lit. Par la fenêtre, il aperçut les deux silhouettes allongées sur le sol. La porte de la terrasse était entrebâillée. Les rayons du soleil caressaient leurs visages respectifs. Diane sentit sa présence et ouvrit aussitôt les yeux.

« Oh là là, j'ai un de ces mal de crâne. Merde, Matthieu nous attend, Mar, réveille-toi. »

Diane se leva, se blottit contre lui, l'embrassa.

« Tu m'en veux pas, dis ?

— Non, ça va, vous auriez pu être plus discrètes en rentrant, mais j'ai compris que vous aviez bu.

— Salut les amoureux ! »

Derrière eux, Marceline s'était levée aussi et préparait déjà le café. Elle regarda Antoine.

« Tu laves tout à la main ?

— Euh oui, répondit-il.

— Tu sais que tu as un lave-vaisselle, tu devrais t'en servir plus, ça gâche moins d'eau. C'est important l'eau en Grèce, non ? »

Il ne répondit rien.

« Merde, si j'avais su je vous aurais apporté du café bio. Il est dégueu le café grec, ajouta-t-elle.

— Je ne trouve pas, non, il est bon », répondit-il agacé.
Diane le regarda fixement.
« Bon, faut pas traîner, ton ami va être furieux », ajouta-t-elle.

Ils prirent rapidement leur petit déjeuner et descendirent au pas de course vers le port. En bas, Matthieu les attendait, en effet. De loin, il faisait de grands gestes pour leur signifier de se presser.
« Vous abusez, j'avais dit aux filles neuf heures max, il est déjà 11 heures. Le vent est en train de tomber. La journée est déjà bien entamée. Faut savoir ce que vous voulez, je croyais que vous vouliez faire le tour de l'île ? Là, si ça continue, on ne va pas dépasser le monastère. »
Ils montèrent rapidement sur le bateau qui tanguait légèrement sous leur poids.
« Oh putain, je m'en doutais, il y a plus de vent.
— C'est pas grave Matthieu, c'est déjà hyper sympa de ta part de nous emmener faire un tour.
— Oui, bah ça sera au moteur. »
Marceline détacha le cordage de la bitte d'amarrage. Matthieu actionna la vitesse supérieure en dépassant le phare.
« Tiens, viens Diane, on n'a qu'à se mettre à l'avant. On laisse les mecs ensemble », s'écria Marceline.
Antoine les regarda, exaspéré, s'allonger sur la proue du bateau. Quelque chose lui échappait, Diane n'était plus avec lui, comme totalement sous l'emprise de cette fille. « Quelle conne », se dit-il à lui-même.
« Dis donc, Marceline serait pas un peu amoureuse de Diane, s'amusa Matthieu. Elle lui a foutu le grappin dessus, on dirait. Elle est comme ça la Marceline. Je l'aime bien, mais elle me fatigue vite.
— Moi aussi, ajouta tout bas, Antoine.
— T'inquiète, a priori on repart demain. »

La mer était d'huile. Le soleil tapait de plus en plus. Le ronronnement du moteur rendait l'atmosphère plus amorphe encore. Antoine discutait à l'arrière avec Matthieu, jetant de temps à autre un œil sur Diane et son amie.

Au bout d'une heure, la peau rougie par le soleil, Marceline se rapprocha de l'arrière.

« Eh, les mecs, ça vous dirait une salade grecque ? Matthieu, on a toujours des concombres, des tomates, de la feta ?

— Oui, il y a tout ça dans le *fridge*.

— Allez zou, c'est parti, on s'en occupe. Diane, tu viens avec moi ?

— J'arrive, j'arrive ! »

Antoine l'observa passer devant lui comme une zombie, sans l'ombre d'un regard.

« Ça va, Diane ? » lui lança-t-il, comme pour la faire revenir à la réalité.

Elle le fixa en souriant.

« Oui, pourquoi ça n'irait pas ? Et toi, ça te plaît cette virée en bateau ? C'est beau, non ?

— Extraordinaire ! dit-il alors qu'elle avait déjà disparu dans la cabine. »

Il fit une moue de consternation en direction de Matthieu.

Entre-temps, Marceline avait mis de la techno sur les enceintes du bateau. Au bout de plusieurs minutes pendant lesquelles Antoine les entendait papoter, Diane et son amie remontèrent, avec des assiettes et le saladier.

« Tiens, t'es le plus vieux, t'as le droit aux couverts », se moqua Marceline, en lui glissant une fourchette et un couteau dans les mains.

Cette fois, elle lui déclarait la guerre. Mais pourquoi ? Elle le prenait pour un imbécile, il en était sûr. Mais comment pouvait-il ramener Diane à la raison ?

« Diane, ça va ? lui redemanda-t-il ?

— Mais pourquoi ça n'irait pas, dit-elle avec un air agacé.

— Non, comme ça, tu es bizarre.
— Rhooo, je suis toujours bizarre avec toi, laisse-moi vivre.
— Oui, c'est vrai, fous lui la paix à ta copine, dit soudain Marceline. Qu'est-ce que tu la fliques ! Moi j'aimerais pas. »

Pris au dépourvu, Antoine ne répondit rien. L'aplomb de cette fille le désarçonnait.

« Mat, un peu de salade ?
— Oui, t'as trouvé les olives ?
— Bah, bien sûr, tu me prends pour qui ? »

Très vite, Marceline accapara la parole une fois de plus.

« J'adore les grafs à Athènes, dit-elle. C'est fou comme cette ville est créative.
— Oui, Athènes, est en train de devenir une capitale du street art. Il y a un festival chaque année désormais qui attire des artistes du monde entier. »

Antoine resta muet, les yeux rivés sur son assiette. Un coup de vent obligea Matthieu à quitter la table improvisée pour se précipiter vers l'avant du navire. Il revint plus serein.

« Ça va, ça va, je me demande quand même si je vais pas mettre un peu le spi.
— Tu aimes les grafs, toi ? » lui demanda Marceline.

Il hésita à lui répondre. Il se força malgré tout.

« Euh, pas trop non, je trouve qu'Athènes est envahie, que dis-je, enlaidie par cette mode.
— Ça m'aurait étonné, répondit-elle du tac-au-tac. L'art c'est pas ton truc... »

Il la fixa avec un air dubitatif, puis il se tourna vers Diane qui lui sourit nerveusement.

« Oui, c'est ça, je n'aime pas l'art. »

Marceline coupa un melon. Matthieu se précipita à nouveau à l'avant du bateau. Diane lui emboîta le pas pour se griller une cigarette. Il l'observa la rejoindre devant. Gêné de se retrouver seul avec Marceline, Antoine décida de descendre s'allonger dans la cabine. Le clapotis des vagues contre la coque finit par le bercer. Il ferma les yeux et s'assoupit plusieurs minutes sur le sofa. Quand il se réveilla, il n'y avait plus personne à l'arrière. Il remonta les escaliers et s'aperçut que Matthieu était devant avec les filles. Diane ne semblait pas s'être inquiétée de son absence. Le bateau traçait sa route tout droit, en mode pilote automatique. Sur le côté, les plages, les falaises d'Anafi formaient un spectacle éblouissant. Il se rapprocha du groupe. Diane le regarda avec gêne.

« Ça va, Ante ? » lui demanda Marceline.

Il la regarda d'abord froidement sans mot dire, puis, lassé de se retenir, il se lâcha d'une traite sous les yeux écarquillés de Diane.

« Écoute, on ne se connaît pas, je ne sais pas qui tu es, mais je n'aime pas tes manières. C'est simple, tu ne m'intéresses pas. Alors, s'il te plaît, je vais te demander un truc. Tu ne m'appelles plus Ante ou je ne sais quel diminutif ridicule, tu ne m'adresses plus la parole jusqu'à notre retour. Tu m'oublies, ok ? »

Il se tourna vers Diane.

« Je suis désolé, Diane, je ne la supporte pas, ta copine.

— Bah vas-y, fous nous la paix, espèce de jaloux, lui adressa Marceline.

— Jaloux ? De qui ? De toi ? » Il sourit. « Tu me sembles bien prétentieuse. Non, je ne suis pas jaloux, je suis décontenancé, épaté même. »

Matthieu se leva d'un bond.

« Eh, oh, faut vous calmer là, qu'est-ce qui se passe ? C'est une balade en bateau, pas Festen ou je ne sais quelle thérapie de groupe. Qu'est-ce qui vous prend ? Si j'avais su, je serais resté tranquille au port, moi. »

Diane se leva aussi, jeta au passage un regard noir à Antoine avant de filer dans la cabine.

« Suis désolé Matthieu, ce n'est pas contre toi, mais là, j'en ai marre de ce cirque. On rentre quand tu veux, mais pour moi, le plus tôt sera le mieux.

— T'as qu'à rentrer à la nage, ironisa Marceline, tout le monde est bien sauf toi. Et en plus tu fais pleurer ta copine. »

Diane ressortit les yeux humides. Elle passa une main sur son visage.

« Non, ça va, je vous propose qu'on rentre effectivement. Je suis confuse, Matthieu. Excuse-nous. »

Elle se retourna vers Antoine qui baissa la tête. Matthieu tapa contre la barre.

« Oh, vous faites chier. Et je peux pas aller plus vite que la machine, y a pas de vent. On en a bien pour une heure encore avant de rentrer. Je vous propose de faire la paix jusqu'au débarquement. Marceline, tu vas devant. Toi, tu restes-là. Diane, tu fais ce que tu veux. »

Elle s'assit avec eux derrière.

« Antoine, je rentre pas ce soir, je reste avec Marceline, on ira dormir dans ma tente. Désolé, Matthieu, j'ai honte.

— Fais ce que tu veux Diane. Reste avec cette conne si ça te fait plaisir. Matthieu, je suis désolé de parler comme ça de ta copine, tu peux venir dormir chez moi si tu veux.

— Ah oui, c'est une bonne idée, une soirée entre mecs. Ça va me changer un peu. Euh, c'est pas ma copine, Marceline, on s'est connu la veille du départ à une fête de potes en commun à Athènes. Je lui ai dit que je partais dans les Cyclades. Elle avait des vacances, elle m'a demandé si elle pouvait m'accompagner. J'ai dit ok, j'étais seul. Après ça s'arrête là. Bon, elle est pas insupportable non plus. Juste un peu trop bavarde, mais effectivement entre vous, ça n'a pas l'air de le faire. »

Le bateau fit irruption dans la baie d'Anafi à la tombée de la nuit. En haut, le village scintillait déjà. Les derniers baigneurs rentraient. Une légère petite brise salua leur arrivée, comme pour mieux les narguer.

« Bon, Marceline, demain on lève l'ancre tôt, je compte sur toi.

— Oui t'inquiète, je serai là vers 9 heures. » Elle regarda Antoine avant d'ajouter : « J'ai pas l'intention de rester. »

Ils se quittèrent sur le quai. Diane embrassa rapidement Antoine.

« À demain », dit-elle.

Antoine la regarda partir avec son amie qui avait déjà le pouce tendu. Une voiture s'arrêta à leur niveau. La gorge nouée, il les observa monter à bord. Il se retourna vers Matthieu. Instinctivement, il l'aida à ranger le matériel. Puis ils remontèrent à pied le chemin de dalles. En marin aguerri qui en avait vu d'autres, Matthieu tenta de le réconforter.

« T'inquiète, le rassura-t-il, ta Diane, elle a l'air de tenir à toi. »

Ils passèrent la soirée à écumer les bars du village. Antoine venait de découvrir un type bien. Il était heureux de cette rencontre qui lui avait fait un peu oublier Diane. « Ce que l'on perd parfois en amour, on le gagne en amitié », se dit-il tout bas, avant d'éteindre la lumière.

Chapitre 34

Une fois de plus, Diane resta plusieurs jours en bas sur sa plage sans donner de nouvelles. Il savait qu'elle reviendrait. Elle réapparut en effet, de la même manière que les précédentes. Elle frappa à la porte, l'air gêné. Il la regarda. Elle avait mis cette robe d'été qui lui plaisait. Il observa sa peau brunie par le soleil, ses cheveux blonds, ses beaux pieds abimés dans ses sandales. Il s'approcha d'elle, la serra dans ses bras. Elle se laissa faire. Ils se désiraient. Ils firent l'amour. Plus tard elle s'activa à préparer le repas. Comme si tout était rentré dans l'ordre. Ils ne reparlèrent pas de l'épisode Marceline. Il ne lui posa aucune question. Le séjour d'Antoine touchait à sa fin. Il lui faudrait bientôt retrouver Paris. Il appréhendait ce retour. Non seulement le train-train quotidien, la pression professionnelle lui donnaient envie de fuir, de recommencer sa vie, mais l'idée de se séparer de Diane l'angoissait plus encore. S'ils étaient bien ensemble ici, sur cette île, pourquoi devraient-ils partir ? Que leur offrait le monde extérieur, à part un peu d'hostilité, avec ses haines, ses jalousies, sa contamination ? Autour de la Grèce, pas très loin, il y avait eu les guerres. Toutes avaient eu raison de l'amour. À l'image de ces familles fuyant l'horreur et la famine. D'ailleurs, l'amour avait-il de l'avenir dans un monde muré, masqué ? Bientôt les hommes achèteraient les sentiments. Un jeton dans la machine. Qu'adviendrait-il demain de la vraie rencontre, du coup de foudre, du désir sincère et partagé à l'heure des épidémies et des réseaux sociaux ? Dans cette révolution des rencontres et des sentiments, leur passion avait déjà quelque chose de désuet. Même si elle avait le goût du scandale dans ce village traditionnel. Il était trop vieux pour elle. On l'avait vue flirter avec d'autres garçons. Justement, ils appartenaient encore à cette société du qu'en dira-t-on. Ce rocher les mettait quand même à l'abri de la menace, la vraie, derrière ses remparts naturels. Et même si leur intégration serait longue ici, elle se ferait malgré tout, moins difficile sûrement que de l'autre côté. Mais que pouvaient-ils faire sur cet îlot de quelques kilomètres carrés seulement ? Resteraient-ils solidaires face au doute, à l'ennui de l'hiver, parfois si long. Reviendrait-elle toujours frapper à la porte après les disputes ?

Ils décidèrent de visiter une maison à louer à l'année.

« Tu t'imagines vraiment vivre ici ? interrogea-t-il. L'hiver, avec ses quelques habitants, un seul magasin ouvert, peut-être aucun restaurant ? »

Elle s'arrêta de marcher, l'air choqué par une telle question.

« Pourquoi pas ? Quel est le problème ? Tu insistes trop, je t'ai déjà dit que oui. En plus, j'ai déjà vécu sur ce genre d'île. Ça ne m'effraie absolument pas. Tu sais, j'aurai beaucoup à faire avec l'école du village. Il doit y avoir une quarantaine d'élèves ici, mais je m'occuperai entièrement d'eux. Mais toi, pourrais-tu vraiment vivre ici ? »

Il parut pris de court.

« Hum, oui je crois... Je partirais parfois pour travailler à l'extérieur et je reviendrais », lui répondit-il.

Ces ambitions simples donnaient à leur couple une aura d'innocence. L'île, c'était leur terre, encore vierge.

« Pourquoi mets-tu toujours une frontière entre nous ? C'est mon âge ? Mes idées ? On est si différent ?

— Rien de tout ça. Je n'ai pas envie de m'engager, c'est tout. Et tu parles trop, pourquoi as-tu besoin sans cesse de nommer les choses ? Laisse venir, Antoine. On verra. »

Ils marchaient côte à côte le long de la falaise. En face d'eux, le soleil disparaissait derrière Santorin. Ils s'assirent sur une grosse pierre pour regarder l'horizon.

« Au fait, tu sais ce que veut dire Anafi ? dit-elle en se retournant vers lui.

— Non, c'est un nom propre ?

— Oui, il provient du mot en grec ancien qui signifiait à peu près "la révélation et l'émergence à la fois, la renaissance en quelque sorte" précisa-t-elle. Dans la mythologie, Apollon, le dieu de la lumière, serait intervenu pour venir en aide aux Argonautes, tu sais, ces héros légendaires qui traversèrent la mer Égée sur l'Argo, un immense vaisseau, à la recherche de la toison d'or. Alors qu'ils étaient en difficulté en mer, Apollon fit apparaître l'île afin qu'ils y trouvent refuge. On raconte aussi qu'à l'époque romaine, on y exilait les prisonniers. Anafi a toujours eu cette réputation d'île refuge. Je trouve que ce nom sied bien à notre histoire. Nous y avons peut-être trouvé refuge nous aussi. »

Elle s'arrêta de parler. Elle sourit en se retournant vers lui. Alors il prit très lentement son visage dans ses mains,pour déposer un baiser sur ses lèvres.

« Tu nous la joues Hollywood, dit-elle avec une pointe d'ironie.

— Non, je t'aime, j'aime ce que tu viens de dire. C'est beau cette histoire, ce que tu viens de m'apprendre. J'aime ces légendes aux accents existentialistes, à l'écho d'aujourd'hui.

— Alors tu ne devrais pas me le dire. Apprends à contenir tes émotions, Antoine. Pourquoi mettre des mots sur tout ?

— Alors essaye, toi, de les exprimer davantage, chère Diane, dit-il en resserrant l'étreinte.

— Je crois que je les ai exprimées, justement », ajouta-t-elle seulement avant de se détacher de lui.

Ils retournèrent sur leurs pas sans rien dire. Chacun esclave de ses pensées. Parfois, leurs regards se croisaient, interrogateurs.

Chapitre 35

Elle était devant la fenêtre, les yeux une fois de plus rivés sur son smartphone.

Elle l'éteignit rapidement avant de le poser sur la table.

« Tu as passé une bonne journée ? » lui demanda-t-elle un peu nerveusement alors qu'il s'approchait d'elle pour l'embrasser.

Il ne répondit rien. Il la serra dans ses bras. Elle avait ce joli sourire candide. Il la retint contre lui. Il respirait son odeur.

« Bah alors, qu'as-tu fait de ta journée ? »

Cette question lui parut inappropriée. Elle ressemblait à une formule de politesse comme « Tu as bien dormi ? » Il la repoussa doucement. Elle eut l'air surpris. Elle ajouta : « Tu dois pourtant en avoir des choses à raconter ». Cette phrase accentua une sorte de gêne entre eux. Pire, elle donnait le sentiment d'une distance nouvelle. Était-elle jalouse ? Quelque chose sonnait faux. Diane récupéra discrètement son téléphone qui venait de vibrer. Il l'observa tapoter rapidement dessus. Soudain une pensée sombre lui traversa l'esprit. Et si elle était déjà loin de lui ? Et si, sans le vouloir, il avait provoqué lui-même le doute entre eux, au point de la convaincre indirectement d'aller voir ailleurs ? Sa peur de perdre, de vivre, pouvait susciter l'inquiétude chez l'autre, il le savait. Il n'avait peut-être pas su la rassurer. Elle fuyait inexorablement de plus en plus loin de lui, d'eux, d'elle-même aussi. C'est elle qui jouait, pour une fois. Pas lui.

« Tu lui écris ? Elle va bien ?

— Non, à qui ? Pourquoi tu dis ça, quel est le problème ?

— Aucun, juste comme ça. Tu écris à ton ex alors ? »

Elle le regarda alors droit dans les yeux. Et si un autre garçon était déjà en train de les séparer ? Antoine savait que l'amour, c'est aussi remplir le vide.

« Non, ce n'est aucun des deux, c'est un ami d'Athènes, rien de plus. On échange parfois. On partage un goût artistique.

— Un goût artistique », répéta-t-il tout bas.

Cette précision anodine était pour lui la preuve qu'il s'agissait de quelque chose de plus grave.

« Je t'ai déjà dit qu'il n'y avait rien de comparable avec toi, ce type ne me plaît pas, il ne me plaît pas physiquement, si tu veux tout savoir, mais c'est un ami. »

Antoine savait aussi que parfois, certains êtres ne portent que peu d'importance au physique. Cette manière qu'elle avait de se justifier ne le rassurait pas, au contraire, elle augmentait ses soupçons.

« C'est bien le type dont tu m'as vaguement parlé ? » Elle sourit avant de balbutier quelques mots avec cette petite voix d'enfant encore.

« Rhoooo arrête, de quoi tu as peur ? Ce garçon n'a aucune importance. C'est avec toi que je suis ici ».

Il baissa les yeux.

« Au fait, ajouta-t-elle, j'ai parlé de toi à ma mère. Elle voulait savoir qui tu étais. C'est idiot, je n'ai pas été capable de lui dire que tu étais mon copain », précisa-t-elle.

La tempête se rapprochait. Antoine l'avait compris, qui sentait de plus en plus le sol se dérober sous ses pieds. À mesure que la fin des vacances se rapprochait, il prenait conscience que Diane lui échappait. Comme si elle préparait déjà sourdement l'après. Était-ce le fruit de sa jeunesse ? Leur amour était-il aussi temporaire, superficiel ?

Chapitre 36

Pour la première fois de l'été, il se mit à pleuvoir. Le ciel s'assombrit d'un seul coup. Allongés sur le lit, ils regardaient par la fenêtre le grain fouetter la mer à l'horizon. Un moment, la pluie d'été les obligea à ranger précipitamment le linge étendu sur la terrasse. Puis l'orage se mit à tonner. De petits grêlons frappèrent alors le sol, dans un vacarme ahurissant, angoissant.

« C'est très rare en cette saison, mais depuis quelques années on est de plus en plus habitué à subir de courtes tempêtes tropicales en Grèce. En général c'est dans la région d'Athènes qu'on les ressent le plus », expliqua Diane.

Ils se réfugièrent quelque temps dans la chambre en écoutant le clapotement de l'eau sur le sol dehors. Ils restèrent au lit toute la matinée. Antoine se mit à lire à voix haute, Diane finit par s'endormir. Puis le soleil réapparut. Il se leva, ouvrit la porte de la terrasse et fut aussi aussitôt ébloui par les rayons du soleil. L'orage était passé. Au loin, des éclairs zébraient le ciel. La journée semblait encore plus chaude, humide. Le ciel avait pris au loin une tonalité mauve qui donnait à l'atmosphère du jour un air de fin du monde. Ils prirent un café et décidèrent d'aller se baigner sur la plage de Klisidi, pas très éloignée du village. Ils marchèrent une trentaine de minutes avant de rejoindre l'allée qui descend vers la mer. Au bout de la plage, une jeune femme courait, accompagnée d'un chien. Antoine l'observa se rapprocher d'eux. Elle avait une certaine allure. Vers qui courait-elle ? Il vit soudain un homme barbu, la quarantaine, sortir de l'eau. Il regarda ce couple s'enlacer.

« C'est Artémis, l'interrompit Diane, elle est française, elle a le même prénom que moi, mais en grec. Tu as vu comme ils sont beaux.

— Oui, ils sont beaux, mais on dirait qu'ils en font beaucoup. Cette manière qu'ils ont de s'exposer devant tous les baigneurs...

— Allez, tout de suite. Pourquoi tu dis ça ? Non ils sont contents de se retrouver.

— Comment tu les connais ?

— Oh, ils viennent souvent le soir boire un verre de Rakomelo. Tu sais, ce vin chaud que je t'ai servi le premier soir. Ce sont des habitués, Artémis est une chanteuse franco-grecque qui vit entre Athènes et Paris, elle reprend des vieux refrains de rebetiko. C'est pas mal ce qu'elle fait. Lui, il retape de vieilles carrioles tirées par des ânes. Il paraît qu'il veut en faire un nouveau genre de taxi sur l'île. Ce n'est pas idiot. Plutôt que d'utiliser des véhicules à moteur thermique, on prend le temps de visiter l'île.

— Oui, c'est une belle idée, soupira-t-il. Enfin, ça reste une idée pour attirer le tourisme.

— Rhoo, arrête, c'est assez écologique comme idée.

— Peut-être, mais ça rentre toujours dans cette logique d'été. »

Ils s'arrêtèrent brutalement de parler. Le couple passa devant eux. La fille, les cheveux tressés sur les côtés, salua Diane d'un geste de la main. Elle leur sourit en retour.

« Quant à Artémis et son chien, elle travaille son style de demi-déesse, on dirait. Elle a de beaux cheveux dorés, je trouve qu'elle te ressemble un peu.

— Oh, merci je le prends comme un très beau compliment... Elle a été mannequin en France, je crois... Aujourd'hui elle est souvent interviewée dans les revues féminines en Grèce. Elle a une petite notoriété. En tout cas tu ne peux pas leur reprocher d'être des libéraux, elle et son mec sont très à gauche. Je les ai croisés l'année dernière à une manifestation anti Aube dorée. Et je crois qu'elle était inscrite sur une liste de la France Insoumise aux dernières législatives...

— Ça ne m'étonne pas. Ils m'ont l'air bien bourgeois...

— Et alors, il n'est pas interdit d'être de gauche quand on a de l'argent.

— Non, certes, mais c'est facile de l'être aussi.

— Allez, arrête, viens te baigner. » Elle l'entraîna par la main dans les vagues. Ils nagèrent pendant plusieurs minutes. Puis ils se réchauffèrent l'un contre l'autre sur la plage. Ils s'embrassèrent longtemps instinctivement, faisant eux aussi, finalement, abstraction des autres.

« Tu n'as pas faim ?

— Non, pas plus que ça, je suis bien là avec toi. J'ai pas envie de bouger.

— Moi si, je suis affamée, allez, viens, suis-moi », dit-elle en se relevant. Elle lui tendit la main. « Viens je t'emmène déjeuner à la taverne juste au-dessus, ils ont du très bon poisson », ajouta-t-elle, enjouée.

Antoine eut alors un regard triste. Elle soupçonna aussitôt une pointe de nostalgie chez lui, liée à la fin du séjour.

« Délire d'écume. Folie d'embruns. Noces de l'abîme et de l'humain. Délire d'embruns. Folie d'écume », dit-il avant de se lever et de la suivre. Ils enjambèrent quelques marches, saluèrent une vieille dame et s'installèrent sur un balcon terrasse. La serveuse, un crayon à l'oreille, débarrassa la table, posa les couverts et prit aussitôt la commande. Devant eux, des roseaux sauvages penchaient avec la brise. Juste en dessous, parmi des touristes français en maillots de bain et paréos réunis autour d'une table bruyante, ils reconnurent Artémis et son ami.

Chapitre 37

Il ouvrit les yeux et regarda instinctivement par la fenêtre. Dehors le soleil brillait déjà. Diane prenait sa douche devant le lit. Il la regarda discrètement pendant quelques secondes derrière le rideau entrouvert. Elle tenait le cordon de la douche à bout de bras, et un filet d'eau jaillissait de manière irrégulière, glissant sur sa peau immaculée, rebondissant sur ses seins bronzés. On aurait dit qu'elle tenait un reptile dans ses mains. Elle ressemblait à cette statuette de la déesse aux serpents qu'il avait pu admirer au musée archéologique d'Héraklion. Était-ce la réalité ? Vivait-il un rêve ? Soudain elle s'aperçut qu'il la regardait. Elle laissa échapper un petit cri d'étonnement.

« Tu m'as fait peur ! »

Elle ferma le robinet, s'enroula le corps dans une serviette, se défrisant les cheveux avec une autre. Il la regarda encore de haut en bas, s'arrêta sur ses jolis pieds bronzés.

« C'est drôle, dit-il, je trouvais en te regardant que tu avais des allures de déesse aux serpents. »

Elle sourit.

« Voilà un beau compliment. Tu sais qu'elle symbolisait l'immortalité, la fécondité, c'était une sorte de déesse nature.

— Oui, je sais tout cela, et je trouve que cela te va bien. »

Elle fit réchauffer le café de la veille dans une casserole. Elle ouvrit la porte et s'assit sur la terrasse.

« Oh là là, il fait déjà chaud. Cette terrasse est presque trop exposée, dit-elle. On a dû mal à trouver un coin d'ombre."

Il se leva pour la rejoindre.

« Quel ciel ! » dit-il en passant la main sur ses longs cheveux bouclés.

Elle se retourna avec un petit sourire en coin.

« Grrrrr, fit-elle, j'aime pas quand tu me touches les cheveux...

— Hum, on ne se laisse pas caresser comme ça. Remarque, s'il y a un animal qui te sied bien, je trouve, c'est le chat. Tu en es la parfaite réincarnation. Petit carnivore, grand reproducteur et chasseur, soucieux de propreté. Le mythe même de la fécondité. Voilà ton animal. Comme à l'époque antique, les dieux t'ont métamorphosée...

— Oui, sauf que je ne veux pas de progéniture...

— C'est ce que tu penses pour le moment. "Les femelles sont portées naturellement au plaisir amoureux, excitent les mâles à l'amour et crient pendant l'accouplement...", disait Aristote. »

Elle sourit.

« Pour notre dernier jour ensemble ici, j'aimerais qu'on aille sur la plage de Katsouni prendre un dernier bain de mer. »

Ils s'habillèrent à la hâte, fermèrent les volets puis descendirent la route qui mène au chemin côtier. Ils marchèrent une bonne demi-heure. Comme à son habitude, Diane se déshabilla entièrement. Ils nagèrent longtemps vers le large, dépassant la pointe. Ils ne parlaient plus ou du bout des yeux. À un moment, Antoine se rapprocha d'elle pour la serrer dans ses bras. Il aimait la sentir contre lui dans l'eau, l'embrasser en buvant la tasse. Il était serein, c'est lui qu'elle aimait. Il relâcha l'étreinte pour la regarder nager devant. En quelques coups de brasse, elle était déjà loin. Elle se retournait régulièrement, pour lui sourire, pour vérifier peut-être aussi, qu'il la regardait bien. À quoi pensait-elle ? Ils restèrent longtemps dans la mer chaude. Elle sortit de l'eau la première. Elle sautilla sur le sable, d'un pas de danse, pour s'allonger sur la serviette. Elle se sécha rapidement et se rhabilla avant qu'il ait eu le temps de la rejoindre. Il sortit, elle vint à sa rencontre pour l'enrouler dans son paréo. Ils regardèrent un peu l'horizon avant de reprendre le chemin du village.

Plus tard ils dînèrent dans le restaurant de fruits de mer du centre du village. C'était leur dernière soirée à Anafi. Il était heureux de quitter l'île mais pas tout à fait serein. Diane resplendissait. Voyait-il dans sa beauté éclatante, ce soir-là, une forme d'éloignement ? Ils burent beaucoup avant de rentrer se coucher. Dans la chambre étrangement silencieuse, ils évoquèrent leurs prochaines retrouvailles. Elle dit seulement :

« On verra, laissons-faire les choses. On se retrouvera sûrement, mais laisse-moi le temps de régler mes histoires. »

Il fit son sac à la va-vite pendant qu'elle se douchait. Il alluma quelques bougies. Elle enroula ses cheveux dans une serviette. Ils firent l'amour une dernière fois. Elle s'endormit dans ses bras. Il souffla sur les bougies.

Chapitre 38

À l'aube, il se réveilla avant elle. Il regarda sa montre plusieurs fois dans la demi-obscurité. Il étira l'instant quelques minutes. Il se retourna vers Diane. Pendant la nuit elle s'était détachée de lui, recroquevillée en boule de l'autre côté du lit, comme tournée vers un autre. Il la serra contre lui.

« Il est l'heure », lui dit-il tout bas en l'embrassant dans le cou.

Elle se leva avant lui. Elle mit la cafetière en route avec des gestes d'automate. Ils prirent un dernier café sur la terrasse. Il faisait encore nuit. Un faisceau lointain de lumière annonçait le lever du soleil. Ils ne dirent rien. Puis elle referma le volet, rassembla ses affaires. Il éteignit la lampe de la cuisine avant de la suivre dehors. « Ce soir je dormirai dans ma tente, ça fera bizarre », dit-elle. Ils arpentèrent une dernière fois le chemin qui descend vers le port. En bas, le ferry avec ses ampoules scintillantes attendait à quai. Un moment, il se retourna pour regarder le village. Aux fenêtres, des lumières s'éteignaient, d'autres s'allumaient. Ils entendirent des cris de jeunes fêtards éméchés qui sortaient sans doute du bar où ils étaient sortis ensemble la première fois. Ils prirent un dernier café sur le port comme pour prolonger l'instant entre eux. La sirène finit par retentir. « Allez, vite, tu vas rater le bateau », dit-elle en souriant. Elle l'accompagna jusqu'au bout de la jetée. Il la serra contre lui une dernière fois sans l'embrasser. Elle avait un air triste. Puis il marcha sans se retourner. Une larme à l'œil, Diane l'observa disparaître dans la bouche du navire. Il réapparut quelques minutes plus tard en haut sur le pont. Entre-temps, elle s'était assise sur un banc. De loin, il remarqua qu'elle pleurait. Il lui fit un petit signe de la main lorsque la deuxième sirène retentit pour marquer le départ. Des ordres furent scandés au haut-parleur, les marins larguèrent les amarres, le navire se détacha brusquement de l'embarcadère, avant d'accélérer la cadence passé le phare. Bientôt, Diane ne fut plus qu'un tout petit point à l'horizon. Elle n'avait pas bougé, elle était volontairement restée assise au même endroit. Il la regarda jusqu'au bout. Derrière, le sommet du mont Kalamos, au milieu des nuages, avait plus que jamais l'allure d'un volcan en éruption. Le bateau qui le ramenait au Pirée, était comme le dernier trait d'union avec Diane.

Chapitre 39

À Paris, l'hiver arrive vite. Et l'automne, marqué par les craintes d'un nouveau confinement le rendait plus glacial encore. Septembre n'était plus le joli mois. Dans quelques jours ça serait déjà octobre, et le froid, les feuilles mortes et le givre. Cela pouvait avoir du charme, mais il ne lui en trouvait aucun. En un claquement de doigts, Antoine s'était retrouvé dans son petit appartement chauffé. À la fenêtre, la nuit avait remplacé le jour. Le bleu du ciel n'était qu'un nuage. Le temps était maussade. Dans sa solitude, il entendait ses éclats de rire à elle. Et quand il s'allongeait sur le lit, il pouvait boire la tasse en la suivant du regard. Allait-elle ressortir de l'eau ? Allait-il s'asseoir à côté d'elle ? Marcheraient-ils à nouveau côte à côte ? Il mit du temps à se réhabituer à la vie sur terre. Le réveil était brutal. Dehors, la rue était devenue vitale à défaut d'être vivante. Certains magasins avaient fermé du jour au lendemain. « Fonds de commerce à vendre », « Bail à céder », pouvait-on lire. Comme le scénario d'un film catastrophe. L'été était presque derrière lui, et on ne savait pas très bien ce qui s'annonçait. Le monde semblait retenir son souffle. Le virus n'avait pas disparu avec l'été, comme l'avaient annoncé certains chercheurs trop optimistes, des politiques trop impulsifs, pire, il s'était renforcé, avait muté, plus généreux encore, en cette rentrée. Et les habitants se raccrochaient aux promesses du soir. Il régnait, passé 19 heures, une forme de rage de vivre, comme celle d'avant-guerre. Les restaurants étaient vides mais les terrasses des cafés ne désemplissaient pas. Et Antoine passait devant ce petit monde bavard en se demandant s'il ne s'était pas trompé de salle de cinéma. Que faisait-il au milieu de ce bonheur forcé ? Il se sentait étranger à ce qui pouvait ressembler à une dernière danse avant l'Apocalypse toute proche. Diane était restée quelques jours de plus à Anafi. Quelques jours de trop. Pour sa part, face à toutes ces incertitudes, Antoine avait décidé de s'enfermer sur son île à lui, faite de quelques mètres carrés, entre quatre murs. La pluie avait remplacé la mer. La lampe de chevet, le soleil. Et dans cette obsession, il relut *Le Colosse de Maroussi* d'Henry Miller, sur son étape grecque, au tout début de la Seconde Guerre mondiale. Dans ce contexte angoissant, pas si éloigné de cette folie d'alors, au milieu de cette course contre la montre pour vacciner à tour de bras, il releva cette phrase : « Dans notre monde, l'aveugle guide l'aveugle, et le malade va demander au malade de le guérir. Nous sommes en progrès constant, mais un progrès qui conduit à la table d'opération, à l'hospice des pauvres, à l'asile d'aliénés, aux tranchées. Nous claironnons la découverte de telle ou telle cure, nous gardant de mentionner les maladies nouvelles que nous avons créées en chemin ». Devant l'angoisse qui montait, Antoine avait décidé de se retirer dans sa bulle. Le télétravail lui offrait la possibilité de ne plus quitter son périmètre. Dès lors, il vivrait comme un moine dévoué à sa seule religion. Il ne sortirait que pour assumer les affres de la vie en temps de Covid 19 : faire ses courses, trouver de quoi se nourrir. Dans un état semi-végétatif, Anafi était devenue l'icône posée sur la bibliothèque.

Chapitre 40

Les derniers jours de Diane à Anafi ressemblaient à ceux qu'avaient imaginé Antoine. Juste après son départ, elle retrouva Vangelis. Elle l'avait croisé quelques jours plus tôt. Il lui avait donné rendez-vous en face de leur maison. Elle n'avait rien dit à Antoine par crainte de l'inquiéter inutilement. Et paradoxalement, elle revoyait Vangelis pour l'oublier. Il lui offrait une échappatoire. De toute façon, il était prévu de longue date qu'elle le retrouvât pour retourner ensemble à Athènes. Ils avaient pris le même billet de retour, au début de l'été, bien avant qu'elle ne connaisse Antoine. Après tout, il n'y avait rien de mal à discuter là, derrière un rocher, pour se mettre à l'abri du soleil. La journée s'écoula comme avec Antoine : nager, observer l'autre. Puis ils marchèrent jusqu'à la plage de Roukounas. Diane avait retrouvé les plaisirs simples d'avant, son monde, et elle y reprenait goût. Plus tard, ils chantèrent autour d'un feu de bois, improvisé sur le sable près de la mer, avec de jeunes musiciens d'Athènes. L'ambiance était chaleureuse, festive. Il faisait bon, l'été s'attardait encore un peu. PuisVangelis la raccompagna jusqu'à sa tente. Et elle se serra contre lui, pour ne pas être seule. Ils dormirent l'un contre l'autre. Au lever du soleil, elle ne ressentit aucune forme de remords. Elle ouvrit la tente, courut et plongea nue dans l'eau. Elle était libre à nouveau. Et cet homme mûr ne lui mettait aucune pression. Mais quelque chose l'avait rendu triste malgré tout. Peut-être le sentiment d'avoir perdu un peu d'exclusivité. D'autres jours s'écoulèrent ainsi, au gré des promenades et des instants de rapprochements intimes. Antoine était loin, il avait respecté son souhait de ne pas trop lui écrire. Peut-être voulait-il créer le manque. Et elle était restée aussi silencieuse que lui. Plus tard, elle embarqua avec Vangelis pour le Pirée. Diane rapportait son vélo, une partie de sa vie d'été compartimentée en plusieurs petits bagages. À côté, Vangelis, un sac en bandoulière, donnait l'impression du parfait ascète. Après avoir passé une bonne partie de la soirée à commenter les étoiles, ils dormirent serrés l'un contre l'autre dans le hall du navire. Au réveil, ils se quittèrent sans nostalgie, comme deux amis qui se retrouveront à la prochaine rentrée. Vangelis prit le bus de Thessalonique. Diane tira sur les tendeurs pour équilibrer son paquetage. Elle stabilisa son vélo, donna un coup de pédale, et remonta lentement la piste cyclable qui filait vers Athènes.

Chapitre 41

Diane écumait le temps à marcher dans les rues du vieux centre, au pied de l'Acropole. Elle aimait par-dessus tout se perdre dans les ruelles du quartier d'Anafiotika, bâti dans le style architectural des Cyclades. Il avait été créé au début du XIXe siècle par des habitants d'Anafi venus participer à la construction du palais d'Othon Ier, le premier souverain grec après le départ des Turcs. Dans leur nostalgie, ils avaient bâti un petit village similaire au leur sur le versant sud de la Montagne Sacrée. Diane se promenait entre les maisons blanchies à la chaux, avec l'impression d'être encore un peu là-bas. Elle essayait surtout de ne pas trop penser à lui, d'oublier aussi celui qu'elle avait aimé avant. Le soir, elle retrouvait ses amis étudiants dans les bars du quartier libertaire d'Exarchia et terminait parfois sa nuit enivrée dans les bras d'un inconnu qui ne la jugerait pas ou n'espérerait rien de plus. Antoine, lui, n'avait rien à voir avec son monde. Elle était tombée sous le charme de ses mots, de son attachement surtout, tandis qu'elle essayait vainement de se reconstruire. Antoine l'avait aimée spontanément, avec ses blessures, peut-être même pour ses blessures. Comme on s'accroche au nouvel amour après une rupture.

« Tu es au-dessus des autres, de quoi as-tu peur ? Nous, c'est autre chose, c'est bien plus fort », lui avait-elle dit. Peut-être voulait-elle y croire, se convaincre elle-même. Elle s'était raccrochée à lui d'abord pour se débarrasser de l'autre. Elle devait pardonner, l'oublier, s'apaiser. Elle savait qu'Antoine l'aimait trop, l'étourdissait d'attentions, souvent, aussi, par peur de la perdre. Lui faisait-elle déjà payer cette dépendance ? Diane avait eu d'autres hommes, pour rester libre, peut-être, au cas où son ex reviendrait. Un soir, cependant, elle finit par l'appeler :

« Je l'ai quitté, lui dit-elle.

— Tu te sens comment ? demanda-t-il.

— Je suis comme sur cette photo que tu m'as envoyée, celle que tu as prise le dernier jour et que j'ai désormais accrochée au-dessus de mon lit à Athènes. Celle du vieux monastère, avec le nuage au-dessus.

— Un volcan. »

Chapitre 42

Avec l'éloignement et le temps, leur communication de plus en plus réduite à Skype ou Messenger, faite de maladresses, de petites incompréhensions, s'était distendue. Cette relation leur échappait, s'éloignait de leur quotidien. Anafi avait pris en quelques semaines la forme d'un songe, un souvenir déjà, presque lointain, irréel. Diane ne semblait pas s'en inquiéter. Et cela justement avait alerté Antoine qui ne supportait plus cette distance, alors que le lien s'effilochait chaque jour un peu plus. Un soir, après avoir fait sonner son numéro avec insistance, Diane décrocha.

« Écoute, j'ai réfléchi, j'aimerais te retrouver à Athènes, vivre avec toi, lui dit-il sans prévenir. »

Elle eut un moment de retenue.

« Qu'est-ce qui t'arrive ? Tu ne penses pas que cette distance est positive entre nous, et qu'il faut respecter ce rythme, ne rien brusquer ? Je garde un si beau souvenir de ce séjour.

— Justement, je ne veux pas que cette histoire reste un souvenir. Je ne t'ai pas rencontrée pour meubler la solitude d'un été. Il y a plus entre nous, tu ne trouves pas ?

— Oui, mais pourquoi cette impatience ?

— Avec le coronavirus, j'ai l'impression d'un rythme plus lent, mais que le temps nous est désormais compté. Et si tout s'arrêtait demain ? Ne doit-on pas vivre maintenant ? Qu'avons-nous à perdre ? Et puis tout se referme, je ne pourrai peut-être bientôt plus te voir.

— Tu es pessimiste. Trop. Et impatient. Je ne sais pas si c'est le bon moment Antoine, tu as trop d'attentes. »

Il ne dit rien. Dans le silence, elle entendait ses reproches résonner.

« Tu es trop tout. Je ne veux pas faire ce choix tout de suite. »

Antoine l'écouta encore, dépité. Qu'allait-elle faire de leur histoire alors ?

« Et puis, faut que je te dise quelque chose, je sors avec ce garçon-là. Tu sais, je t'en avais parlé.

— Celui qui partage ton goût artistique ?

— Oui. »

Antoine ne dit rien.

« Ne t'inquiète pas, c'est surtout un collègue. On est bien loin de ce que je peux ressentir pour toi.

— Je m'en fous, Diane. Pourquoi tu me dis ça ? Que cherches-tu ? Que lui dis-tu de moi ? »

Diane reprit la parole aussitôt, consciente de sa maladresse.

« Oui tu as raison, excuse-moi. En fait, ce que je veux que tu comprennes, c'est qu'avant tout on travaille ensemble sur un projet collectif. On doit rencontrer des zadistes bientôt. On voudrait transposer en Grèce le même système de résistance à la planification étatique. Et je m'occuperai de la partie éducative. Nous voulons former les générations de demain à une nouvelle vision du monde, écologique, équitable, éthique. C'est un gros projet de développement durable collectif. Or tu sais que je cherche surtout à me rendre utile. Tout cela est très intense, et je suis complètement prise par ce projet. Pardonne-moi de ne plus avoir le temps pour autre chose. »

Elle s'arrêta, l'écouta respirer au bout du fil pour vérifier qu'il n'avait pas raccroché.

« Avec toi aujourd'hui, tout est intense. Mais si tu aimes tout, que tout est formidable, c'est que tu n'aimes réellement rien ni personne ou que tout peut te séduire… D'ailleurs, que ressens-tu de spécial pour moi ? »

Elle se mit à rire nerveusement, avant d'ajouter :

« Bravo, quelle démonstration. Tu sais, Antoine, on est tous un peu prisonniers des autres ou de soi-même. En avoir conscience, c'est déjà être libre.

— Libre ? Dans un monde qui se referme, où bientôt nous ne pourrons plus nous toucher, nous serrer dans nos bras, nous embrasser. Tu appelles cela être libre ? Tu n'as pas peur du piège, toi qui aimes le groupe ?

— Cela m'est égal, je prends le risque de me retrouver seule aussi. Toi, tu es arrivé trop vite. Je t'aime, je t'ai aimé, mais je ne suis pas prête. Tu comprends ?

— Oui, mais puis-je ne pas l'accepter ? Et lui, tu l'aimes aussi ?

— J'en sais rien. Je laisse faire, je verrai où tout cela m'amène. Laisse-moi le temps, Antoine.

— Je vois, le poly amour… C'est à nouveau très en vogue. Tu veux que je te dise, ton féminisme, c'est du machisme à l'envers. Dans le fond, ça t'est bien égal d'aimer, du moment que tu jouis.

— Oh là, là, là, tout de suite les grands mots. Tu délires, Antoine. Tu es trop romantique. Et ça me fait fuir. Écoute, écrivons-nous moins, ne m'appelle plus pendant quelque temps, je n'aime pas cette discussion, ni cette communication à distance. Tu ne sais pas ce que je ressens, laisse-moi cheminer… Fais ce que tu dois faire, on verra bien. Rien n'est simple en ce moment. Adieu ! »

Chapitre 43

Quelque chose s'était rompu entre eux, la complicité avant tout. Elle était ailleurs avec cet autre. Elle partageait des envies différentes. Elle semblait plus pragmatique, moins rêveuse, moins sentimentale. Ce garçon s'était subrepticement infiltré dans sa vie, lui apportant du concret face aux doutes. C'était de bonne guerre. Elle était désormais ailleurs, avec lui. Sur les photos postées sur Facebook, elle était même sur une autre île, Icare, sans lui. Apparemment ils avaient organisé dans la capitale Agios Kyrikos, réputée communiste, une rencontre entre agriculteurs locaux et représentants des zadistes. Diane partageait enfin des idées, des projets. Et même si ce garçon ne lui plaisait pas totalement, il la rassurait peut-être. Elle avait aussi la sensation de servir à quelque chose, de partager, d'exister. Elle s'enivrait. Ils travaillaient désormais ensemble sur un projet de documentaire. Cette créativité à deux avait remplacé ses désirs. Antoine ne voulait pas que le silence s'impose entre eux. Il aurait voulu respecter son vœu, mais il savait que la fin de la communication, même maladroite, même infime, c'était la fin tout court. Un soir il décida de l'appeler.

Au bout de quelques minutes d'un échange glacial, il finit par s'impatienter face à son indifférence.

« Tu as l'air triste Diane, c'est comme sur les photos récentes que j'ai vues de toi sur Facebook. Où est passé ce joli sourire, ce beau regard ? »

Diane ne dit rien. Elle savait, oui, qu'elle avait changé en quelques mois, qu'elle n'était plus la même. Qu'allait-elle devenir d'ailleurs ? Elle ne voulait même pas le savoir.

« Peut-être, tu fais quoi en ce moment ?

— Rien, je suis à Paris. Et toi ?

— Rien non plus. Enfin, si, tout ce que tu sais, mais si tu veux savoir, tu me manques.

— Ah, c'est nouveau. Tu es décidément versatile.

— Oui je suis comme la toupie musicale Zumbayllu. »

Elle se mit à rire nerveusement.

« La quoi ?

— Zumbayllu en langue quechua signifie la toupie. Cette toupie péruvienne a des vertus magiques, tu ne connais pas ?

— Non, jamais entendu parler.

— Cet objet en bois tourne et incarne le temps qui défile. La toupie réussit avec le bourdonnement-chant qu'elle émet à apporter la paix et la communication, l'union et la réconciliation. Elle renvoie des images qui nous rapprochent du monde magique des mouvements. Ces images peuvent passer rapidement de l'horreur et la haine à la fraternité, et vice versa.

— Ce sont les zadistes qui t'ont initié à la Zumbayllu ?

— En partie oui, c'est surtout le politologue uruguayen Raùl Zibechi, et un très joli livre du poète péruvien Arguedas, *Les rivières profondes*... « Chacun a sa part d'ombre dans la lumière ou de lumière dans l'ombre » écrit-il.

— Et si la toupie tournait trop vite... »

Elle ne répondit rien. Diane appréciait sa lucidité. C'est aussi ce qui pouvait la faire fuir parfois. Antoine se mit à chanter tout bas.

Même qu'on se dit souvent qu'on aura une maison.
Avec des tas de fenêtres.
Avec presque pas de murs.
Et qu'on vivra dedans.
Et qu'il fera bon y être.
Et que si c'est pas sûr.
C'est quand même peut-être, parce que les autres veulent pas

— Jacques Brel, *Ces gens-là,* tu connais ?

— Bien-sûr, ne me quitte pas ! répondit-elle en riant. Au fait je suis contente, j'ai réussi à obtenir via ma faculté, un soutien financier de l'Union européenne pour mettre en place nos communautés expérimentales à travers la création de villages autonomes grecs. Je suis contente, les choses prennent forme. A priori, c'est une bourse de l'Union européenne. Évidemment on a dû présenter les choses différemment, mais... »

Elle n'eut pas le temps de finir sa phrase, Antoine l'interrompit brusquement.

« Ah oui, en plus vous crachez sur l'Europe, mais quand il s'agit de détourner des fonds européens pour vos projets utopistes, vous faites le dos rond. C'est vrai, l'argent n'a pas d'odeur. Tu me dégoûtes, toi et ta bande de beaux parleurs libertaires. Vous ne savez faire que ça, monter des projets, blablater, baiser entre vous, critiquer ce que font les autres, sans jamais rien bâtir de concret pour les autres. Vous êtes des profiteurs du système. Tu sais très bien que tes futures communautés démocratiques, c'est du pipeau, que vous êtes une bande de gosses de riches biberonnés à l'université de la bien-pensance. J'en peux plus de t'écouter dire des conneries. Tu es une individualiste de gauche, c'est pire que les libéraux de droite car vous, vous entraînez les crédules derrière vous, vous faites miroiter des choses à des pauvres gens. Au moins, les mecs de droite, ils promettent rien.

Dans le fond, je me rends compte qu'on n'a rien à voir, toi et moi. Tu es une égoïste, Diane, tes projets pour les autres, très loin, c'est pour oublier ce que tu ne fais pas pour tes proches, là maintenant. »

Il s'arrêta. Il l'entendit sangloter.

« Comment tu peux dire des choses pareilles ? Pourquoi es-tu si méchant ?

— Et toi comment tu peux torpiller notre histoire de la sorte ? Est-ce qu'elle a réellement existé d'ailleurs ? Tu m'as pris pour un pigeon, le temps de petites vacances sur cette île de merde. Tu m'as fait miroiter de l'amour, comme tu promets un avenir meilleur à ces gamins. Mais dans le fond, c'était pour te divertir, noyer ton chagrin. Tu t'ennuies, Diane. Tu sais pas quoi foutre de ta vie, alors tu t'inventes des rôles, peut-être même des sentiments. Tu n'as besoin de personne, tu te suffis à toi-même. »

Antoine l'écouta pleurer quelques secondes. Il reprit plus vivement, laissant se déchaîner sa colère.

« Mais comment tu peux être aussi cruel ? dit-elle la voix entremêlée de sanglots. Pourquoi dis-tu des choses pareilles ?

—Pardon, excuse-moi, dit-il. Je suis désabusé. Je m'en fous que tu sortes avec ce type. J'ai peur seulement qu'on se perde. On aurait dû rester à Anafi, je crois.

— Ce n'est pas une raison pour être méchant, et mépriser tout ce que je suis ou fais. J'ai l'impression d'être jugée. Et je n'aime pas tes injonctions, Antoine. Tu veux tout maîtriser. Or les choses ne sont pas comme tu veux mais comme elles doivent être.

— Oui, j'empaquète, comme disait Ferré. J'ai besoin d'un cadre entre nous, sinon, je ne sais pas où l'on va.

— Je crois que ça serait mieux qu'on arrête là, alors, si tu souffres tant. Je ne veux pas d'une relation en ce moment, je te l'ai dit. Nous ne désirons pas la même chose Antoine. Pourquoi t'accroches-tu ? Je vois notre histoire comme une jolie parenthèse d'été. Pourquoi chercher plus loin ? Nous nous décevrons. »

Il sentit que Diane allait raccrocher.

« Attends », lui-dit-il.

« Pourquoi attendre ? Écoute, tu ne respectes pas ce que je veux. Je t'ai dit que je ne voulais pas m'engager. Je veux une relation libre.

— Pourquoi pas, répondit-il, malgré lui, mais tu sais bien que l'amour libre impose au moins une condition : la fidélité spirituelle.

— Pfff, la fidélité n'existe pas, c'est une lubie humaine. Regarde les animaux. Nous sommes traversés de désirs et de sentiments. À quoi bon se frustrer ? Je ne crois plus au couple depuis ma dernière relation. Je crois aux instants, au partage sans projection ni concession. »

Il y eut un court silence. Puis Diane ajouta, réaliste et plus cruelle encore.

« Bon, allez, faut que je te laisse, on m'attend. Je ne peux pas te parler plus. Écris-moi, si ça te fait du bien. J'essaierai de répondre, mais je te demande de ne pas trop insister ces prochains jours, s'il te plaît. »

Elle raccrocha brutalement. Il la rappela nerveusement, fit sonner plusieurs coups, elle ne répondit plus.

Chapitre 44

C'était le temps du sevrage. « Laisse-moi respirer, je veux de l'espace », avait-elle prévenu dans un dernier mail lapidaire. Elle voulait se laisser aller, disparaître avec sa douleur. Qu'il la laissa en paix, quitte à souffrir dans son coin. Et dans cette période de flottement, légère malgré la menace de l'épidémie, elle avait lentement reconstruit son ego. Elle était redevenue l'être convoité, confiante, car au cœur du jeu. Elle voulait vivre la rencontre sans engagement. D'autres hommes lui apportaient désormais ce complément d'oubli pour ne pas avoir à regretter son choix de disparaître, de ne plus aimer. Et sans le vouloir, elle faisait vivre à Antoine la douleur que l'autre lui avait infligée : la comparaison. Car si elle n'était plus amoureuse de lui, c'était bien que d'autres, peut-être plus jeunes, la séduisaient davantage. Et Diane semblait contempler le funeste épilogue de leur histoire comme la déesse Athéna du haut de son piédestal. Dans son malheur, Antoine y avait trouvé une raison. Le temps s'écoulait, plus long, plus étiré, freiné par une nouvelle vague épidémique. L'hiver était là. La majeure partie de la population avait été vaccinée, mais la ville semblait toujours à l'arrêt. Les touristes y venaient moins depuis le coronavirus. Paris ressemblait à une carte postale figée dans un autre temps, comme après l'explosion d'Hiroshima. Et dans les rues, beaucoup de passants continuaient de porter le masque, tels les zombies d'un thriller américain des années 1980. Comme une toupie, le coronavirus avait fait le tour du monde, traversant les saisons, disparaissant là, réapparaissant ici, avec son lot de morts, de peurs, d'irrationnel. Avec le froid, la courbe des personnes infectées était repartie à la hausse, au rythme des nouveaux variants apparus, de l'Angleterre à l'Afrique du sud, en passant par l'Inde ou l'Amérique du sud. Ce virus était comme la face B d'un monde globalisé en surchauffe, au bord de l'effondrement. Avec la modernité, tout était allé de plus en plus vite, et cet ennemi invisible, plus fin qu'une poussière, avait grippé d'un coup le moteur des économies, stoppé net les aiguilles d'une montre et ouvert le champ, peut-être, à une ère plus écologique, plus profonde, moins effrénée. Tout était immobile, semblait-t-il. Les avions ne décollaient plus, les bateaux ne voguaient plus, les voitures ne roulaient plus. Plus de touristes, moins de migrants, moins de flux, moins d'avions dans le ciel, plus de bateaux sur la mer ni de voitures sur les autoroutes. Places, rues, jardins étaient devenus les nouveaux déserts des villes. Seules les mers, les montagnes, campagnes et forêts semblaient à nouveau habitées, par les animaux. Le coronavirus avait séparé les êtres humains. L'homme se terrait. Gestes barrière, distanciation, confinement. Quel autre monde allait émerger de cet extrême repli sur soi qui paraissait s'installer durablement ? Antoine avait l'impression que la pandémie avait tout emporté, jusqu'au sentiment amoureux.

Chapitre 45

Il arrive qu'un évènement balaie toutes les certitudes. Et celui qui survint prit Antoine par surprise. Il s'était résolu à oublier Diane. Il était seul, piégé comme d'autres dans son célibat, à l'heure où chacun retenait son souffle, muré chez lui le plus clair du temps, sans pouvoir même créer le contact. Certains couples tentaient de sauver les apparences pour échapper à la solitude. Les autres patientaient, en swipant les profils sur les sites de rencontres. À Paris l'hiver ne s'arrêtait plus, rythmé par ce que les médias appelaient désormais, avec ce goût prononcé pour les anglicismes, des périodes de *stop and go* : confinement, déconfinement, couvre-feu. Lentement mais sûrement, l'humanité s'habituait à vivre avec la menace. En Europe, la vaccination avait pris du retard à cause des réfractaires et le virus avait muté, toujours plus imprévisible dans son objectif mortifère. Ce qui ressemblait au début, pour certains, à une nouvelle forme de petit rhume saisonnier prenait des allures de fin du monde. Jusque-là, l'épidémie concernait les autres, mais l'étau se resserrait irrémédiablement et chacun finissait par entendre parler d'un parent ou d'un ami emporté par la maladie. Virevoltant d'un continent à un autre, devenu incontrôlable dans certains pays, le virus lui-même avait pris des allures de toupie Zumbayllu, à la danse macabre effrénée. Et même les plus critiques du début, les plus sceptiques, avaient fini par ne plus réagir sur les réseaux sociaux, face à l'explosion de la courbe de mortalité. En Europe, hommes et femmes avaient perdu quelques mois d'espérance de vie. Signe que quelque chose ne tournait plus rond, il ne passait pas un jour sans qu'on apprenne la disparition d'une célébrité. On ne mourait pas forcément du coronavirus, mais de tristesse, de désespoir, on appelait cela les dommages collatéraux, comme en temps de guerre. Le virus était partout, il avait remplacé priorités, objectifs et croyances, écrasé çà et là les résistances. Il n'y avait plus de cinéma, plus de théâtre, plus de loisirs, plus de bars sans pass sanitaire. Un film, un roman d'avant l'épidémie donnaient l'impression d'appartenir au XXe siècle. Le monde réel avait basculé dans la science-fiction. Et dans ce moment étrange, instable, imprévisible, tout pouvait arriver, le pire surtout. Un soir, alors qu'Antoine écoutait le flash d'information, toujours plus dense en reportages anxiogènes sur les conséquences de la Covid, il reçut un appel de Diane. Il hésita quelques secondes avant de décrocher. Lui répondre, c'était retourner en arrière, remuer des souvenirs à la fois beaux, intenses et douloureux. C'était faire preuve de lâcheté. C'était revivre à une autre époque, presque insouciante alors que la Covid avait, depuis, drastiquement ralenti l'activité humaine en imposant les nouveaux codes de vie ou de survie.

« Je te dérange pas ? avait-elle d'abord dit, avec une voix fluette.

— Non, pourquoi ? Enfin, je ne m'y attendais pas, que t'arrive-t-il ? »

Elle essayait de balbutier quelque chose, sans pouvoir réellement l'exprimer.

« Qu'est-ce qu'il se passe, explique-moi. »

Il l'écouta pleurer plusieurs secondes. Il ne dit rien, se préparant au pire.

« Excuse-moi, je ne sais pas pourquoi je t'appelle toi, tu n'es peut-être pas la meilleure personne.

— Je t'en prie, dis-moi ce qu'il se passe.
— Vangelis, tu sais ? Mon ami à Anafi.
— Oui, je me souviens bien, le poète...
— Oui, il est mort de la Covid, il y a trois mois. »

Il y eut un long silence. Soudain, la maladie prenait réellement la forme d'un visage. Il se souvenait parfaitement de lui, de son teint halé, de ses yeux gris perçants.

« Et comment tu sais tout ça ?

— C'est un ami commun qui m'a prévenue. Il l'a su très tardivement par sa mère qu'il connaissait. Tu l'aimais pas, je sais. C'est affreux, je l'appréciais.

— Il n'était pas si vieux pourtant, il avait l'air en forme.

— Pas tant que ça, il faisait du diabète. Je sais pas si tu as remarqué, mais il ne buvait pas une goutte d'alcool. Il faisait très attention à son alimentation.

— Oui, ça je me souviens, il était vegan.

— Tu sais ce qui est horrible...

— Non, dis-moi. »

Elle respira fort, puis retint son souffle comme pour reprendre du courage.

« Il mettait jamais de masque, il était anti-vax. Je lui disais de faire attention. Il s'en moquait, il était persuadé que c'était une invention du monde capitaliste pour dresser les populations, les habituer à obéir en vue d'un monde encore plus mercantile et domestiqué. Il ne croyait pas au virus.

— Légèrement complotiste, malheureusement. »

Diane se mit à pleurer à chaudes larmes, nerveusement.

« Il paraît qu'il aurait attrapé le virus dans le bateau qui le ramenait à Athènes.

— Ah merde, ces foutus bateaux, putain de merde.

— Antoine ?

— Oui ?

— J'ai fait le voyage avec lui. J'étais peut-être cas contact. »

Chapitre 46

Diane prit le bateau du Pirée. Le départ avait été retardé à cause de la météo. Elle resta longtemps sur le pont à regarder les vagues, elle observa le soleil se coucher, puis la lune se lever à l'horizon. Les rafales de vent décoiffaient ses longs cheveux. À un moment, elle s'alluma une cigarette. Elle retint ses larmes. Il était partout. Comment fermer l'œil ? Le bateau se mit à tanguer. Pour la première fois, elle avait hâte d'arriver. Elle retourna à l'intérieur, pour trouver le sommeil. Puis, dans un demi-rêve, elle entendit enfin le mot magique scandé par les hauts-parleurs. Elle prit son sac et se précipita sur le pont. Dans la pénombre elle reconnut le Mont Kalamos. Dehors la mer agitée empêchait le bateau d'accoster. Le vent soufflait de plus belle. Mais elle appréciait la solitude du retour. Il n'y avait personne sur le quai. Une voiture seulement était garée sur le parking. Eirini était là, avec les clefs. Diane récupérait la maison d'été. En pénétrant dans la chambre, elle eut l'impression d'être partie la veille. Il y avait encore leur odeur. C'était les mêmes draps, propres. Elle lava un verre, sortit les couverts, mit la table. Elle disposa dans une assiette, du fond d'un Tupperware, quelques légumes cuits par sa mère. Elle dîna le volet entrouvert, face à la terrasse, avec le bruit du ressac en bas. Antoine devait arriver quelques jours plus tard. Elle appréhendait ce voyage, ce retour à Anafi, ces retrouvailles. C'est lui qui avait eu l'idée d'Anafi. En même temps, elle aimait l'idée. Elle dormit le premier soir d'un sommeil lourd dans les draps frais et humides. Elle était fatiguée. Revenir ici, à Anafi, c'était affronter des souvenirs, si proches et déjà si lointains. Au réveil il faisait beau. Le soleil resplendissait sur la terrasse. Elle passa la journée à marcher. Elle reprit le chemin qui l'emmenait vers leur plage. Puis le soir elle dîna seule. Elle lut plus tard à la lueur d'une bougie. Elle s'endormit avec du désir. Le deuxième jour, elle partit dans l'autre sens. Elle voulait ressentir seule quelque chose qu'ils n'auraient pas vu ensemble. Peut-être pour ne pas repenser au passé qui la hantait. Elle se baigna dans une eau glacée. Puis elle remonta vers le village alors que la nuit était déjà tombée. Elle s'endormit avec difficulté. Antoine devait arriver très tôt le lendemain. Combien de mois s'étaient écoulés ? Comment la trouverait-il ? Avait-elle à ce point changé ? Elle patienterait dans la chambre. Elle ne voulait pas de retrouvailles sur le quai. Elle avait insisté. Elle préférait ne voir personne autour d'eux. Antoine embarqua un vendredi sur le Prevelis, le vieux ferry qui crachait encore sa fumée noire. Il s'assit sur un fauteuil, au milieu d'un salon étrangement vide, avec des télévisions allumées sur des flashs d'information en continu. La mer était calme. Bercé par le roulis du bateau, Antoine s'endormit rapidement. À l'arrivée, Eirini était bien là, comme prévu, en bas sur le quai. Il descendit, lui sourit. Il claqua la portière. La route était à peu près la même, sans touristes. Il frappa à la porte de la maison. Diane ouvrit. Il la serra dans ses bras. Elle se mit à pleurer. Ils restèrent ainsi plusieurs minutes. Puis elle se détacha de lui. Elle lui proposa un café. Dehors le soleil se levait. Elle mit la cafetière en route. Puis elle se recoucha. Le vent se mit à souffler de nouveau. Antoine sortit faire un tour. Il se promena seul dans le village puis descendit le chemin qui menait à la plage. Il regarda longtemps la mer. Il déjeuna au seul café ouvert. Il lut quelques heures sur la plage. Soudain le ciel s'obscurcit et il se mit à pleuvoir. Il rentra au pas de course. Il tourna la poignée de la porte. Diane dormait encore. Il faisait sombre. Il rangea ses affaires dans l'armoire. Puis il se doucha. Il se sécha en l'observant étendue sur le lit. Il se passa une serviette autour de la taille et sortit sur la terrasse. Il faisait nuit. Il pensa à Isadora. Il était libre désormais. Il regarda la lune et sa lumière cendrée. Tout bas, il prononça un mot : renaissance.

Remerciements à Pénélope Gabaix-Hialé pour son fidèle soutien, à Jean-Daniel Bouvard pour sa contribution artistique.

Déjà parus aux éditions Intervalles

LITTÉRATURE

Parano, de Jan Lars Jensen
Douze histoires cul sec, d'Anthony James Perry
D'amour et d'Amazone, d'Anthony Smith
À la recherche d'Hassan, de Terence Ward
Le roman que je n'ai pas écrit, de Linda Grant
Nos années folles, de Linda Grant
1421, l'année où la Chine a découvert l'Amérique, de Gavin Menzies
Twelve Bar Blues, de Patrick Neate
Jérusalem, de Patrick Neate
Les mots pour jouir, de Martin Melkonian
Cent un jours à Bagdad, de Åsne Seierstad
Les Ailes de Sarajevo, de Bill Carter
Boom, Bust, Boom, de Bill Carter
Le Sang des âmes, de Theo Hakola
Rakia, de Theo Hakola
La fin est mon commencement, de Tiziano Terzani
Un devin m'a dit, de Tiziano Terzani
Un autre tour de manège, de Tiziano Terzani
Lettres contre la guerre, de Tiziano Terzani
Bonne nuit, Monsieur Lénine, de Tiziano Terzani
Soname ou la bonne fortune, de Soname Yangchen
La demoiselle de Sing Sing, d'Idanna Pucci
Collection irraisonnée de préfaces à des livres fétiches, de M. Page et T. B. Reverdy (dir.)
Les petites fées de New York, de Martin Millar
Kalix, la loup-garou solitaire, de Martin Millar
Kalix, la malédiction de la loup-garou, de Martin Millar
La Déesse des marguerites et des boutons d'or, de Martin Millar
Nos mots croisés, de Daphné Kauffmann
Un personnage en Italie, de Daphné Kauffmann
Le Sens de l'équilibre, de Daphné Kauffmann et Clément Leroy
Les Tribulations d'un opiomane (1895-1915), de James S. Lee
Softcore, de Tirdad Zolghadr
Raga Mala, de Ravi Shankar
Voyage au pays des juges, de Jean-Claude Boulard
Le Cartographe, de Guillaume Jan
Traîne-Savane, de Guillaume Jan
Marie et les Autres, d'Axel Léotard
18 % gris, de Zachary Karabashliev
Détrompez-vous !, de Jean Szlamowicz
Les Meilleures Intentions du monde, de Gabriel Malika
Qatarina, de Gabriel Malika
Au nom d'Alexandre, d'Olivier Auroy
L'Amour propre, d'Olivier Auroy
Le Dicorona, d'Olivier Auroy
Christiania ou les enfants de l'utopie, de Laurène Champalle
Comme sur un lit de roses, de Millard Kaufman
Des bambous dans la surface de réparation, de Rowan Simons

Petit journal de bord des frontières, de Gazmend Kapllani
Je m'appelle Europe, de Gazmend Kapllani
La Dernière page, de Gazmend Kapllani
Le Pays des pas perdus, de Gazmend Kapllani
Voyages sur Chesterfield, de Philippe Coussin-Grudzinski
Là-Batz, le roman d'une île, de Guénaëlle Baily-Daujon
Les Enfants de l'exil, de D. Guelar, V. Jarach, B. Ruiz
Doris Darling, de Ben Elton
Les Menteurs, d'Anthony Neilson
Absolut Barbarian trip, d'Elias Jabre
Comic Strip, d'Arnaud Modat
Bye bye Leningrad, de Ludmila Shtern
Un psychopathe et demi, d'Elias Jabre
Zeus, de Sébastien Gendron
La Nuit des secrets, de David Doma
Le Monde selon Cheng, de Stéphane Reynaud
Avec les hommes, de Mikaël Hirsch
Notre-Dame des Vents, de Mikaël Hirsch
Libertalia, de Mikaël Hirsch
Quand nous étions des ombres, de Mikaël Hirsch
Les Heures pâles, de Gabriel Robinson
Découvrez Mykonos hors saison, de Richard Gaitet
L'Aimant, de Richard Gaitet
Sotchi inventaire, de Jean-Claude Taki
La Paix à l'œuvre, de Menahem Begin et Anouar el-Sadate
L'argent a été viré sur votre compte, de Dimitris Sotakis
Comment devenir propriétaire d'un supermarché sur une île déserte, de Dimitris Sotakis
Une famille presque parfaite, de Dimitris Sotakis
Un grand serviteur, de Dimitris Sotakis
Une bien modeste famille, de Da Ngân
Ça pourrait bien être votre jour de chance, de Mileta Prodanović
Baby Baby, de Marianne Groves
Dans la peau d'un monstre (gentil), d'Yves Brunier
Hôtel International, de Rachel Vanier
Écosystème, de Rachel Vanier
Physique de la mélancolie, de Guéorgui Gospodinov
Un roman naturel, de Guéorgui Gospodinov
Tous nos corps, de Guéorgui Gospodinov
La Belle Affaire, de Sonia Ristić
Des fleurs dans le vent, de Sonia Ristić
Saisons en friche, de Sonia Ristić
Pornification, de Jean-Luc Marret
Explorations sur le terrain du sexe ukrainien, de Oksana Zaboujko
Weiwei-ismes, d'Ai Weiwei
Notre humanité, d'Ai Weiwei
Le Muscle du silence, de Rouja Lazarova
À la trace, de Carole Zalberg
La Bataille de Penang, de John Robertson
Ping-Pong, de Park Min-kyu
Les Bonnes Mœurs, de Timothée Gaget
Tante Rosa, de Sevgi Soysal
La Porte de la mer, de Youcef Zirem

Nouvelles nouvelles d'Azerbaïdjan, de Michka Assayas (dir.)
Le Peintre et la Voyageuse, de Patricia Almarcegui
L'homme qui ne voulait pas devenir président, de Julien Leclercq
Bouddha Boudoir, d'Elsa Levy
Le Sourire du chien, de Dimana Trankova
La Caverne vide, de Dimana Trankova
Dans l'ombre du viaduc, d'Alain Delmas
Xéno, d'Alain Delmas
Femme de seconde main, d'Uršul'a Kovalyk
L'Écuyère, d'Uršul'a Kovalyk
Petits Hommes, de Konrad Laghos
La Voix de Cabo, de Catherine Baldisserri
Le Merle bleu, de Vesna Maric
Les adultes n'existent pas, de Sylvia Hansel
Cannonball, de Sylvia Hansel
Les fruits encore verts, de Wioletta Greg
Une petite vie, de Khosraw Mani
Le Pélerinage, de Tiit Aleksejev
Deuxième mi-temps, d'Hugues Serraf
Le Dernier juif de France, d'Hugues Serraf
Avenida Vladimir Lénine, de Constance Latourte
Le Ballet des retardataires, de Maïa Aboueleze
En haut de l'affiche, de Fabrice Châtelain
Cafard noir, de Stéphane Rose (dir.)
Le Chien, son maître et les parents proches, de Tagbumgyal
Dieu, le point médian et moi, d'Anne Robatel
Contrechants, d'Anne Robatel
La littérature n'est pas qu'un sport de combat, d'Anne Robatel
La Correction, de Guillaume Lafond
Sanatorium, de Barbara Klicka
Ton fils Huckleberry Finn, de Bekim Sejranović
La Vie suspendue, de Baptiste Ledan

PHOTOGRAPHIE, LIVRES ILLUSTRÉS

Idolâtrisme, de Jocelyn Bain Hogg
Les Enfants d'Abraham, d'Abbas
Tokyo Love Hello, de Chris Steele-Perkins
Toxi Food, de Sabine Pigalle
Festins libertins, de Sabine Pigalle
Protectors, de Sabine Pigalle
Coronabécédaire, de Sabine Pigalle
India notes, de Raghu Rai et Tiziano Terzani
Cinéma, de Xavier Lambours
Roland-Garros, fenêtre sur courts, de Stéphan Gladieu
De la guerre et de l'amour, de Fouad Elkoury
Lettres kazakhes, de Guillaume Reynard et Jean-Claude Taki
Sotchi pour mémoire, de Guillaume Reynard et Jean-Claude Taki
Quarante-cinq histoires d'automobiles, de Magnum Photos et Bruno Gibert
Georges Aperghis : Avis de tempête, de Célia Houdart

Le Rravail révélé, (dir.) Sophie Prunier-Poulmaire
Êtres au travail, (dir.) Sophie Prunier-Poulmaire
California Dreaming, de Naomi Harris et Yann Perreau
Under Gods, de Liz Hingley
La lutte continue, de Tomas van Houtryve
Mortem, d'Éric Atlan
Le Chant du Monstre, revue
Gueule d'Hexagone, du collectif Argos
S.A.P.E., d'Héctor Mediavilla
Terre de foot, d'Aurélien Abels Eber, Romain de La Bouvrie et Thomas de La Bouvrie
Les Bâtisseurs, de Jérôme Cabanel
It's not only Rock'n'Roll, de Catherine Viale et Mathias Moreau
Papa porte une robe, de Piotr Barsony
Éloge des arborinidés, de Julien Nouveau
Spektrum Berlin, de Matthias Heiderich
Flying Blues, d'Emmanuelle Han
Rhizome, de Geraldine Jacques
EuroBus, de Taylor Holland
Parisian Gentleman, d'Hugo Jacomet
Italian Gentleman, d'Hugo Jacomet
Angelo Mariani, le vin de coca et la naissance de la publicité moderne, d'Aymon de Lestrange
Terres à vendre, de Cécile Cazenave (dir.)
Tribus du monde, d'Anne de Vandière
La Faune parisienne, de Caroline Dartiailh et Laure Didry
Ici prochainement : Sarajevo, d'Alban Lécuyer
Regarde où tu marches, de S. Buitekant et J.-L. Soularue
Monstres médiévaux, de Damien et Maria Kempf
Chasseur de monstres médiévaux, de Damien Kempf
Utopia, de Carlo Bevilacqua
Personal Tattoo, de Sophie Le Berre
Bibliométéo, de Marthe Pequignot
Les Villes émotionnelles, de Julie Andrade et Audrey Zeilas

Achevé d’imprimer en mars 2022
sur les presses de l’imprimerie IsiPrint
à La Courneuve
Numéro d'impression : 163567
Imprimé et broché en France

Dépôt légal : deuxième trimestre 2022
Composition et couverture : Catherine Piot, Garance Marty
Révisions : Garance Marty, Catherine Piot

Éditions Intervalles

Direction éditoriale : Armand de Saint Sauveur

2 rue Bleue 75009 Paris France
Tel. : +33 1 53 43 83 30
www.editionsintervalles.com